ライブイン・真夜中

高山羽根子

U-NEXT

階段をのたのた上がってきて、店のガラス扉を肩で押し開けながら入ってくるまで――ていうか席に着いたあともずっと――モバイル端末の画面に見入っていた男の客は、水の入ったコップを置くわたしの肌の色に気がつくと、目だけを上げて制服の名札を見ながら、

「うーわ、すっげえナマエ」

という、そのいいかたがあまりにも自然だったから、わたしはそのときその言葉からうまいこと悪意っぽいものを嗅ぎとることができなかった。代わりにその男からは、洗濯物をうまく干しきれなかったとでもいうふうな日陰のにおいと、名作香水の複雑なノートを低い解像度でうわっつらだけ似せたのに混じって、つけたてのアルコール

の尖ったにおいが残り、漂っていた。

わたしの名札に書かれた文字は、いまでもまだこの国でぎりぎり使われているものではあった。ただ、どんな端末で入力しても変換候補のずっと後のほうに出てくるし、この国のいまの人たちはこういった文字の読みかたを知らないので、表示させるやりかたなんて知らない。ようは、この手の複雑な文字を読んだり書いたりする習慣がほとんどなくなっているみたいだった。たいていこの文字の一部を元に、もっとシンプルに変形させたタイプの新しい文字を書いたり読んだりしあっていて、彼らのほとんどはそういう新しい文字を使った名前を持っている。

そんな人たちから見たら、わたしの名前なんてまずまちがいなく〝うーわ、すっげえ〟んだろう。

「それ、なんて読むの」

モバイル端末の男がそんなふうにたずねてきたのを、わたしはいつものもの、遠目で見れば笑った顔にも見えなくもない、といったぐらいの顔つきになりながら、

「こちらの言葉では、ちょっと嫌な意味を持つ読みかたなので」

とごまかした、つもりだった。でも、わたしのごまかしかたでかえってモバイル端末の男の興味は、わたしの名前をわたし自身の口からきき出してやろうというほうに向いたみたいだった。手の中の端末をテーブルの上に放りだして、

「じゃなくてさあ、なんて読むんだって」

とソファ席にもたせていた上半身を起こした。ひどく面倒くさいこのモバイル端末の男は、でも、この国にはほんとうによくいるタイプの客だった。とくにこの夜間シフトの時間なんかには。

「この国では汚い響きの、つまり罵倒語？　に聞こえる恐れがありますので」

わたしは、同じ意味に聞こえる別の言葉にいいかえて、もう一度こたえた。

「いや、だからなんで客に読ます気ない名札つけて仕事してんの」

モバイル端末の男の言葉が、いっそう強く悪意のにじむいいかたに変化した。そりゃまあ、そうかも、とわたしが思いかけたタイミングで別のテーブルから、

「すいません」

という声が、わたしとモバイル端末の男のあいだに、たぶんそれなりに優しく？

すべりこんできた。わたしはなにもいわずに軽く頭をさげたあとテーブルを離れて、声がしたほうに向かう。

この時間帯、よく来ているタクシー運転手の男だった。きまって店内のいちばん薄暗い一角に座っている。丸くなった背の上の、ひげがのびた顔をちょっと見ただけではくわしい年齢だとか顔だちなんかはわからない。ただ、こんな時間でもまだ仕事をしているということ、無口なこと、使っている電子決済の種類なんかを考えると、たぶんわたしとおなじく移民の一世なんじゃないかと思えた。運転手は手元のカップを軽く上げて、コーヒーのお代わりをたのむそぶりをして見せた。いつも一杯しか飲んでいないのに今日だけこんなふうにしてくることを考えると、ひょっとしたら、わたしのいまの状況に助け船を出してくれたのかもしれない。そんなふうに考えながら、わたしはポットウォーマーのあるカウンターに戻った。そこに肘をかけて休んでいたタケダムさんも、わたしとモバイル端末の男とのさっきのやりとりには気づいていて、警戒してたみたいだった。あごを軽くしゃくった動きと鋭い目つきで、モバイル端末の男のほうに向かって、

「あっちのオーダーは私が行くから」

と、すごく低い声で短くいった。さっき、運転手がわたしに声をかけてくれていなければ、きっとタケダムさんがモバイル端末の男とわたしの間に割って入ってきていたんだろうと思う。ただそうしてしまうと、もうちょっとだけややこしいことになっていたかもしれない。といっても、まあ、マップアプリのこの店のスコアにやたらマイナスがつけられるとか、そんなしょうもない地味な嫌がらせを受けるくらいのことだろうけれど。ともかくわたしはタケダムさんに短いお礼を伝えて、ポットウォーマーからコーヒーポットを持ち上げてから運転手の席にもういちど向かった。

タケダムさんという名前は、彼女のほんとうのものじゃなかった。この国でもそこまで変なふうに聞こえないようなものを、ここに来てから考えてつけたものらしい。彼女のもとの名前、つまり生まれた所で使われていたほんとうの名前もひとつじゃなくて、いくつかあるのだそうだ。タケダムさんの国の人はみんな子どものころからいくつもの名前を持っていて、大きくなると名前が変わったり、使い分けられたりもしているんだと教えてくれた。なんかのときにその全部の名前を聞いたことがあったけれど、どれもあまりに長くてややこしい発音だったから、わたしのほうでもあきらめて、以降はタケダムさんと呼んでいる。わたしもそういうふうに読みやすい別の名前を登録するか、せめて新しい文字にしたほうが良かったなと何度か思ったけれど、名札が読まれやすくなったところで、わたしみたいな人間にとっては、今日みたいに面倒なことが増えるだけな気がする。

タケダムさんは——タケダムさんの生まれた国の人がみんなそうらしい——一八〇センチ以上はある身長と筋肉質な長い手足を持っていて、つまり、いい体格をした女の人だった。この国の人たちの基準で見たら、男性でもなかなか見ないくらい大きな体をしていたので、タケダムさんは移民としてやってきてからもずっと、デリバリーだったり、ボディガードだったり、介護だったりと、仕事には困っていないみたいだった。病気にもならなくて働きもののなこともあって、いまでもこの店のほかにいくつかの仕事を掛けもっている。

＊

この店以外の、街の中心地に集中している二十四時間営業の安価な飲食店はどこも、店内接客のすべてが自動音声での案内になっている。店の入口付近あるいは外にオーダー用のタッチパネルが設置され、客はそこで支払いまで済ます。音声案内にしろタッチパネルにしろチャージ端末をかざして若干の操作をすれば、その客が理解しやすいと推察される言葉に切り替わる。店内には簡易なコンベアあるいはリフト、小型の自走機等が設置され、各々の卓に注文した料理が配膳される。ただ夜の遅い時間は運転が停止していることも多く、店のシステム自体が老朽化しているために機能していないことも頻繁に起こっていた。そのため利用者がカウンターへ自ら取りに向かい、食事の終了後、返却口に戻す姿もよく見かける。移民の店員に対してはずいぶんと横柄な態度を取っているこの国の労働者たちも、文句をいうことなく所定の流し口にドリンクの飲み残しを、ダストボックスにごみをそれぞれ分別して廃棄する。そういったどこか滑稽なほどの律義さを持っている。大抵の店は調理も食器洗浄も大部分が自動で、若干のメンテナンスと警備を兼ねたオペレータがひとりで所在なげに立っている。

こういった種類の店のことを、この国の年輩者の多くは〝ジハンキ付き休憩所〟と呼んで揶揄嘲笑した。実際、かつてこの国のハイウェイに点在するサービスエリアといわれた場所には、いまでは〝ジハンキ〟と呼称される温め機能付きのフードベンディングマシンが並ぶレストランがあったのだそうだ。八ドル未満の食事を注文するのにも無料のコンシェルジュが必要であるらしいこの国の年輩者は、そのことをこの国の若年労働者たちに揶揄嘲笑されている。

現在この都市部に集中するこれら低価格帯飲食店のうち、来店人数を元に任意の席に案内する、氷水の入ったグラスや個包装の消毒液入りウエットティッシュ、ないし油でべたついたメニューを手渡す、注文をカーボン紙にメモして奥の厨房に伝言する、といった業務をするためだけの人間を雇っている場所は、こういった移民の働く店のほかには存在しない。移民労働者がひどく安い時給で雇えるから成立しているというだけだ。だからといって、客たちから移民労働者に向けられる視線が「ありがたい」

「申し訳ない」といったものになっているということはなかった。

無人が当然の安価な飲食店に、接客用の人間が――この国の人々が移民を自分たちと同じ種類の〝人間〟とカウントするならば――いることを目当てにした来客も、まああるとは考えられている。それは話し相手欲しさにやってくる国家ホショウ生活者の年輩者がほとんどだった。とはいえ彼らはまだずいぶんたちがいいほうで、平日の夜中になると一層厄介な人たちが来る。高価格帯のアルコール提供店に行くお金を持ち合わせていないこの国の労働者だ。彼らは常に、移民労働者たちの見た目の微かな差異や言葉のたどたどしさを小ばかにして、毎日の憂さを晴らすためにこの店にやって来ているんじゃないか、とさえ思えるようなふるまいをする。

＊

わたしは、生まれた国にはほんとうにどこにでもいるというふうな見た目をしている。髪の毛はくせが強いから短くしていて長くのばすことはしないし、この国の人たちからすると肌の色は浅黒くて、背が低くて、小さくて痩せっぽちでメイクもしない。小柄な人が多いこの国の人たちから見たって、ちょっと見ただけだったらわたしは男の子どもに見えるかもしれない。ちょっとおもしろいくらいでも笑うことはない代わりに、ちょっと腹がたつくらいでも怒ることはなかった。だから、とくべつに人をあったかい気持ちにも、つめたい気持ちにもさせなかった。わたしのかわいげのないやりかたは、ここの仕事をするうえではわりとうまくいっているみたいだった。ようするに、わたしはこの仕事に向いている。もちろん、タケダムさんみたいな大きくて力の強い人の陰にかくれて仕事をしているなら、という条件付きではあるけれど。

タケダムさんがオーダーを受けにいったことで、モバイル端末の男はなにか文句をいいたそうにしながら、それでも自分よりふた回りほど大きい彼女になにもいえずにいるみたいだ。タケダムさんがこの店で仕事をしているのは、まちがいなくセキュリティ要員をかねた接客ができるからだった。今日みたいな、ちょっとした嫌な感じのするいいがかりだったり、どうしようもなく酔っぱらった人の介抱——というか、おだやかなつまみ出し——だとかを、タケダムさんはすごくあざやかな手ぎわでこなした。

わたしはタケダムさんの持つ強さに加えて、こんなふうに細かいところを見ていて気をつかったり、そのときに思いつく中でいちばんましなやりかたを選んで立ち回れたりするかしこさについて、いつもすごいと思っていた。たぶんこの力は、いろんな仕事で活かすことができるんじゃないかなと思う。きっと、かっこいいスーツを着てサングラスをかければ、国のえらい人のガードだとか、いろんな国のスパイだとか軍人なんかでもうまくやりこなしそうだった。なのに、そんなタケダムさんのかしこさが、この店だったり街だったりの中で、きちんとすごいものとされているとは思えない。わたしが考えるに、たぶんタケダムさんはこの国のたくさんの人よりずっとかしこい人間だ。というかそもそも、この国に移民として来ている人たちは（わたしのことはおいておくとしても）たいてい、この国を出たことのないこの国のたくさんの人よりまちがいなくかしこい。第二外国語とか、第三外国語とか、この国の法律だとか、交通や文化、倫理の試験だとかいう、やさしいものやそうでないものまでいくつものテストをふるい落とされることなくパスしてきたんだから。――と、ついそんないじわるなことを考えてしまいそうになるくらい、この国の人たちの、とくにこの店にやって来るうちの何人かは、モバイル端末の男みたいな、ちょっと厄介な感じがする人たちだった。

わたしがいままでこの国で働いてきた仕事は、工場でもお店でも、もしくは電話のオペレータでも、それぞれの仕事に細かいマニュアルがあって、ダウンロードできる仕組みになっていた。それらは、どんな国から来たどんな教育を受けた人でもそのとおりにやればひとまずは失敗せずに働けるというふうに、ちょっととくべつな書きかたがされていて、読みまちがいがないように、そうして読んで覚えるのは大変だけれど、読んでわからなかった人にうまいこと責任がいくようにつくられているようだった。

わたしは、こういうタイプの約束ごとをしっかり守るのがわりと得意なほうだった。ときどきなんでこんなやりかたなんだろう、もうちょっとくらいうまいことできるんじゃないだろうかと感じることがあっても、きっといままでどこかでなにか、とんでもない事故が起こったからこのやりかたに改良されたんだろう、何回も書き直されたた結果がこれなのだろうから、というふうに考えれば、あんまりうたぐることもなく仕事ができた。

でも、この店にはそういったマニュアルらしきものがほとんどなかった。バックヤードにある端末に、店内マシンのトリセツだったり、自分たちでもどうにもならないときにだけ連絡をするためのメンテナンス会社のアドレスだったりのデータはあるらしいけれど、その端末自体が古すぎて誰も立ち上げない。だから客が入ってきたときに使うあいさつの言葉だとか、相手にどんなふうに接するか、起こってしまったトラブルの対応についても、なんとなくめいめいがいちばんいいだろうと思うやりかたでいろいろやっているみたいだ。わたしもいまはもうすっかりこのやりかたに慣れてしまったので、これはこれでだいぶ楽なことなのかも、と思うようになった。

＊

このドライブイン・レストランは、移民出身のオーナーによって経営されている。

ターミナル駅からは数キロ離れた幹線道路ぞい、ハイウェイに入る手前に存在するこの店舗は、建築当初は家族向けの飲食店としてつくられたものだった。

かつての一時期、この国のあらゆる地域で新しい家族が爆発的に誕生した豊かな時代が存在した。大規模土木事業で延び続ける各地の幹線道路の脇には、希望に満ちたそれら家族のためのレストランが数多く建てられる。どのレストランも、駐車場に入るために車が幹線道路脇に長い列を作っていた。一階部分が壁のない鉄骨むき出しの駐車場になっており、建物の脇から階段を上がって入店する特殊な——とはいえ、当時のこういった業態には非常にありふれた——つくりをした店舗の傍には、煌々と輝く店名、全国にチェーン展開されていることを誇るかのようなロゴマークの、大量生産された看板を掲げる鉄柱が立っていた。

やがてそういったレストランはどこも、この国の変化に合わせ店舗数を減少させていき、いまは一部の都市圏を除きほぼその姿を消している。まだ残っているものは深夜まで営業しながら、ぽつぽつと入ってくるくたびれた労働者を迎え入れ、主に独身者や移民の労働者が食事をとるための場所になっている。廃業後の建物はその独特過ぎるつくりのために他業種に流用することが難しく、多くの場合は取り壊された。破壊あるいは廃墟化を免れたいくつかの建物は内装を簡単に変更し、アンバランスなままコンビニエンスストアに、あるいはコインランドリーに、老人用訪問ケアセンターの事務所になった。この店と同様、以前のレストランの造作を残したまま同じ業態の飲食店として再利用している施設というのは、珍しいケースだった。

店内は壁紙や床、座席の張地といった細部にわたるインテリアは若干の変更がされているものの、造作は基本的に以前の飲食店のままであるらしい。入口扉を入って横の壁に掲げられた額つきの肖像写真は、移民であるオーナーが故郷にいた時代のスナップ写真だ。細身の少年がランニング姿で車の前に立ち、テンガロンハットをかぶってその縁を両手で左右につまみ、気取ったポーズをとっている。店の内装はオーナーの故郷、片田舎にかつて存在したらしきハイウェイダイナーをイメージしてデザインされている。そのイメージは、この国の数割の人間も共有している。ただ、どういった場面で見たかとたずねられても、明確にこたえられない者が多い。おそらく古い映画、CM、有名なヒット曲のミュージックビデオであったかもしれない。すくなくとも、この国の多くの人々にこの店の〝それっぽい〟イメージというものは、なんとなく浸透していた。

駐車場から外階段を上がりガラス製の押し扉を入ると、レジの先、カウンターに鋭い赤色をしたエナメル張りの丸いスツールが幅を充分に取った状態で六脚並んでおり、淡いミントグリーンのソファを向かい合わせにしたボックス席が、フロアの窓側に沿って十組置かれている。フロアの中央部には五卓、机の四辺にフェイクラタンの肘掛椅子が置かれた島席がある。電源の入らないジャンク品のジュークボックスとピンボールマシン、模造ドラセナの鉢植えが各々の隅に置かれている。壁面のうち二面がガラス窓で、残りの壁にはミッドセンチュリーだと思えばそう見えなくもなく、フューチャリズムとも解釈が可能な雰囲気を持ったA2サイズくらいのアートポスターを収めた額が数点、等間隔に配置されている。

*

店で出すのは、店のイメージにぼんやりとあわせたハンバーガーだとかサンドイッチ、トースト、ベーコンエッグ、パンケーキ、ホットコーヒーといったもの。これらはグランドメニューと呼ばれている、店がオープンしたときからのメニューだった。いまは、それにいろんな国から来た人たちのニーズをちょっとずつ取り入れたりしながら、彼らの好みにあわせた新メニューがだんだん増えていっている。

店のスタッフはほとんどが移民だったけど、この国の人がひとりだけいる。キッチンにいるコタロウがそうだ。彼にしたって、たしかお母さんのほうの血筋に移民だった人がいるらしいので、ほんとうのところはルーツの一部がこの国以外の場所にあることにはなる。というか、そんなことまで考えだしたら、世界中のほとんどの人はどこかしらいまいる所とは別にルーツがあるんじゃないだろうか。ひょっとしたらコタロウは、元の国を出たいと思って出てきたわたしたちよりも、かえって自分のアイデンティティだったり、ルーツになる国の文化だったりのことを深く考えているのかもしれない。

コタロウはわたしより五歳くらい若くて、あまりしゃべらない。ひどくケッペキ症で、細かいことにこだわりが強かった。ただ、コタロウがキッチンの担当だということを考えると、その性格はすごくちょうどよいと思える。いま、この国での調理師という仕事は、鍋とか、フライパンとか、刃物なんかを使う高級レストランのシェフみたいなほんの一部の仕事以外は、どっちかというと料理用機械の操作とメンテナンスをするオペレータに近いかもしれない。だから、コタロウはたいていの場合、フリージングルームだとかストッカーの中からパックを出していろんな機械につっこんだら、あとは控室にこもって端末のモニタをじっと見ているだけだった。

この国のレストランでは、よっぽどの高級店でなければたいてい、こうしたすでに料理がすんでる冷凍食品だったり、レトルト、缶詰、スパイスの粉だったりするものを仕入れて、それらをミックスして、温めて出す。全国にたくさんあるフランチャイズレストランならセントラルキッチンと呼ばれる工場で作られるけれど、この店みたいな個人経営であれば、業務用に売るための食品加工工場で作られたものをオンラインで注文して届けてもらう。ほんとうのことをいえば、そのどっちも、ほとんどが同じ工場のラインで作られている。まったく別の経営の、別の名前を持つレストランがみんな似たような味のメニューを出しているのは、そういうからくりだった。どこも調理するための機械は同じ型番のものを使っているから、それにセッティングしやすく加工した調理済みの仕入れ食材が安く売られている。安くて変な味がしない、体に悪くない安心できる食べものを作るために、社会のシステムがうまいこと進化してきた結果らしかった。

ただ、コタロウはこのほか、移民街のスーパーで個人的に適当に買って持ちこんだ調味料やスパイスのボトルも厨房に並べていた。レンジやフライヤー、炒め鍋や蒸し器に入れるだけの仕入れ食材と、それらの調味料をうまいこと組み合わせて、それなりにバラエティ豊かな料理を作って新しいメニューにしていた。たとえばカレーと中華丼の具、炭火焼鳥をチルドのパスタ麵にあわせてラグマン風にしてみたり、皮つきのポテトフライで、ほとんどつなぎを使わずカリっと焦げ目がついたカムジャジョンを作った。ボウルも包丁もフライ返しも使わないで、パウチされたままの食材をあちこちの調理器に入れたり出したり混ぜたりしただけでそれらしく調理されたメニューは、まちがいなく安っぽい味ではあったものの（実際に安いからあたりまえなんだけど)、店に来ている移民だけじゃなく、この国の人たちにも意外とうけているふうだった。これらのレシピは、コタロウがなんとなく調べて、すこしずつかんちがいしながら手に入れたインチキくさいさまざまな国の文化についてのイメージをもとにしていて、ほかの時間に働いているキッチンスタッフと、申し送りのデータだけで共有されているみたいだった。コタロウは調理の機械に改造したプログラムを覚えさせて、どんな年齢の、どんな言語を使うスタッフがやってきても似た料理が作れるように、マシンや調味料のボトル、冷凍や粉末や缶詰の食材ぜんぶに通し番号をふり、その並びとか順番をアプリケーションで管理していた。だから、たとえどんな郷土料理にまつわる味の感覚や思い出を持ったスタッフが働きに来たとしても――たまにちょっとしょっぱいかな、と思うようなことがなくもなかったけれど――まあ、どの国の料理も作る人によってそのくらいの味のちがいはあるわけだし――むしろ国中で同じ味がする料理を出す店のほうがめずらしいわけだし――つまり、食べる人がちょっとばかり変わった味だなと感じることがあっても、これは多国籍料理ですからといえば済む。だから、なんとなくそれっぽい料理を出すことができていた。

もしこの店に、ほかにはない特別さなんていうものがあるのだとしたら、あったかい接客のホスピタリティでも、好き勝手にふるまっていい自由さでもなくて、このコタロウがいろいろ考えて作り上げたキッチンのシステムそのものなのかもしれない。コタロウのこのシステムは、たぶんこの店のいまの売り上げにそれなりに貢献しているみたいに思える。けれど、それでもコタロウがちょっとした時給アップ以上のものを求めないのは、責任が大きな仕事をする気がなかったり、チームワークを強要されることを嫌ったりする彼の性格によるものかもしれない。つまり妙なしがらみがなく、彼なりの気楽さで彼なりのこだわりを持ってやりこなせるこの店が、彼にとって都合のいい場所だからなんじゃないかと思う。つまり、わたしと同じくコタロウも、たぶん、この仕事に向いてるんだろう。

*

店内でいちばん広く取られた壁面には、やや古い型番の液晶モニタが設置されている。多くの場合、画面はこの国の公共放送とされるチャンネルに固定されたままになっているため、夜間、特定の時間帯には、この国の人たちが頻繁に見るとされているスポーツの中継か、ニュースのどちらかが流れていた。ただ店の客はみな、そのどちらにもまったく興味がなく、画面などないものとして各々の情報端末を眺め、食事をしていた。店の多くの客は、自分たちにとって、こういった類の番組が公共の番組としてその時間帯に流れている意味があるなどとは考えもせず、みな余所ごとのようにしていた。とはいえ何度も繰り返し放送される勝者の笑顔をなんの気なしにでも見ていると、競技のルールをまったく知らない者でさえなんとなく幸せで誇らしい気分にもなるもので、その点では、この番組が建前でも大切にされていることを多くの人間はひとまず納得していた。あるいは、さらに街の中心部にある賑やかな店――たとえば輸入クラフトビールの銘柄が並ぶ洒落たバル等――であれば、人々はこういったスポーツ中継を見ながら、ファインプレーと思われる選手の輝かしい動きのたびに隣のテーブルの客とハイタッチのひとつでもしているのかもしれない。駅からの出口のちょっとしたズレ、線路の向こうとこっちというズレ、もっと極端なことをいえば、マップ上の番地がまったく同じであっても、そのビルの最上階と地下道にある店舗、ほんの僅かな空間座標のズレによって、完全な別世界であろう思想や価値観が漂っていて、それらはすれちがい続け、決して重なることはない。まるでそのようにしてそれぞれが齟齬を持ち続けることが、この狭い都市で大量の人間が衝突することなく巧妙にふるまういちばん冴えた、またはいくらかましな方法であるかのように。

この国で開催されているあらゆる国際大会では、すくなからぬ移民が活躍している。スポーツ選手のみならず、ダンサー、ミュージシャン、演出家によるセレモニーは当然のこと、応援テーマソングや記録映像の制作といったものに対して、あらゆる国からやってきてこの国で活動をしている人々が腕を振るっていた。中継で見る海外のオーディエンスも自分の国の文化が反映された創作物が使われていることに高揚するし、それらはこの国にとって、移民国家を目指すにあたっての多様性という大義をアピールするいい舞台でもあった。他方、彼らにはほとんど報酬がなく名誉だけを与えられているため、移民の才能を搾取しているのではという批判の声も多い。さらに移民の才能や美点をことさら美しく喧伝することが、実際その国から来ている移民の立場を良いものにしているとは考え難く、彼らとその他の移民はこの国の人々の目には別ものとして映っている。さらにはっきりいうならば、彼らの眩しさがかえって、明るくも美しくもない移民労働者を彼らの光の陰に追いやっているようだと主張し、批判するものもいた。

この国には、国民的スポーツと呼称されるものがいくつかある。国民的なスポーツとは、全国的にテレビ中継が行われ、教育機関またはそれに準じる施設で教育の一環として指導されるような競技のことをいう。ベースボールはそのうちのひとつだった。かつて、国民的スポーツにはもっと多様なものがあったものの、それらは現在、子どもの教育機関からは多少距離を置かれているらしい。過去、この国ならではの競技には、格闘技に分類されるものが非常に多かった。ただ、それらの競技が危険で乱暴な精神を醸成する、という価値観から規制されたわけではない。単純に体の大きくないこの国の人々よりも、移民の選手ばかりが活躍するようになってしまったために、幼いころに一流選手になることを夢見る子どもがいなくなったからだった。ベースボールにしても、現在活躍する優秀な選手の多くはすでに移民ばかりだが、それでも別の国にある世界最大規模のベースボールリーグでも、この国出身の小柄な選手が長く活躍していた。

この国のリーグでは昔から、身体能力の高い海外選手たちを制限付きで雇い入れることをしていた。しかしそれは国籍が明確な人たちばかりがいた時代のことで、世界の多くの人たちが移民や難民として移住を繰り返し、国籍が複雑曖昧になった人が増えたいまでは、その人数枠も事実上不問になっている。移民の二世三世と呼ばれる人々は当然のこと、出身国で代表に選出されるほどのプレイヤーが亡命した場合は、積極的に特別枠で受け入れることもしている。そもそもこの国のベースボールの歴史の中でもっとも有名なプレイヤーのひとりは、長いその競技人生の中で、この国の国籍を得たことはないにもかかわらず、最高のプレイヤーのひとりとして知られている。

指導要領の変更や人口減による選手不足を受けて学生の大会が終了し、プロチームの数も減らして小規模の単一リーグ戦になったものの、それでもいまだこのスポーツの人気は非常に高い。

クツカケ・ジュニアは、昨シーズンの国内リーグMVPを獲得し、目下この国で最も優れた内野手とされている。移民の二世で、彼の妹であるイムはジャーナリストとして知られている。四年ほど前にイムが取材した、この街の中心部にある繁華街で起こった、ちょっとした騒擾事件の背後に隠れた反社会的勢力のシステム、中でもとりわけ移民に関する一連の考察記事は大きな話題となり、その後のいくつかの考察記事を増補した本もよく売れ、翻訳も話題になった。彼女は海外の雑誌で〝世界に影響を与えた百人の女性〟に取り上げられている。ただ、やはりこの国の移民には職種によって課せられている所得制限があったため、著書で得られた収入はほとんどが寄付という形で支援団体へ流れていった。兄の年俸もずっと移民の人権ユニオンに寄付されている。本来二世以降の移民は特別措置でほとんどがこの国の人と同じ権利を持っているにもかかわらず。

この国の人たちが現在まで長きにわたりベースボールに夢中になるのには、明確な理由がいくつか存在した。そのうちのひとつが、この国にベースボールが上陸して以降、行われてきた試合の中にいくつかの名場面があることだった。それらは、どのような物語でも得ることのできない激しい感情の動きを誘発する。そういったリアリティショー的な娯楽はいま、この国であまり見ることはできない。かつて人気を博した海外制作のリアリティショーがこの国で独自に参加者を募集し開催されたとき、いくつかの、出演者の精神や、ときに命にまで関わるほどの極端な事件が起こった。それによって現在まで、フィクションではない放送は、倫理的、人権的観点から極端に限定されたものになった。あらゆるショー番組は、台本とはいわずともある程度のルールが丁寧に設定されたものになり、参加者も一般人から専門の教育を受けた俳優に替わった。ドキュメンタリー番組はその対象が移民であってもなくても、その情報のほとんどが仮名、A駅、B市と伏せられ、マスクされていった。それらの動きに反するように、ベースボールのプロ選手についてはどういう訳か成績や生活態度、年俸や配偶者、その子どもの成長までがリアリティのある物語として消費されていた。同じ国に暮らしている人々の現実的な物語、という独特な娯楽として浸透しきっていた。

＊

いつの間にか、あの嫌なモバイル端末の男は店からいなくなっていた。店内にひとりだけ残っていたタクシー運転手の男も、ちょうど会計をして出て行くところみたいだった。わたしがテーブルを拭いているとタケダムさんがレジを打っていて突然、運転手の男の肩に手をおいたのが見えた。タケダムさんがだれかに対してそんなことをするところなんていままで見たことがなかった。運転手が店を出てから、タケダムさんはわたしに向かって、

「あの男、肩に栗色の毛がついていた」

といった。思えばたしか、運転手は白髪混じりの黒い毛を短く刈り込んでいた気がする。タケダムさんは人をとても良く見ていて、とても鋭い。たまに来るあの運転手が移民であることも、タケダムさんは最初から気づいていた。

「あの男はペンダントをしている。あの年代の男で銀製のアクセサリーをしているとすれば、それは西からの移民で、しかも教会に通っている種類の人間である確率が高い。ヘッドのデザインは襟付きシャツの中に隠されているので見ることができないが、十字あるいは百合の意匠があしらわれた銀の長方形のものが一般的だ。たいてい蝶番

でふたつ折りになっていて、開くと家族の写真が入っている。あれは家族をこの世界から失った者だけが身に着けるものだ。墓から遠く離れて暮らさざるを得ない移民の墓の代わりになっているんだろう」

次のシフトのアブドゥルさんとブンさんが店に来て、申し送りと締めの作業を終わらせたわたしはＩＤをスキャンした。あと二時間で仕事が終わるタケダムさんにお先に失礼しますとあいさつをして、うんざりするほど狭いロッカールームで着替え、裏の通用口から駐車場の横、駐輪場に直接出ることができる。店の中はずっとしらじらしく明るいから、店の外に出てみてびっくりするくらい暗くなっているのに気づき、はっとすることもちょくちょくある。吐いた息が白くて、口のまわりが寒さでひりひりしてくる。わたしはマフラーを口元まで上げた。駐輪場はあちこちに鉄の柱が渡されて、天井が低くなっている部分もところどころあった。わたしは頭をかがめて自転車のカギを外してから、その体勢のまま注意深くハンドルを持って自転車を引き出した。

とつぜん、スネのあたりにドンとなんだかわからない強い力がかかってよろけ、うっかり自転車から手が離れてしまった。自転車は駐輪場のコンクリートと鉄骨でできた空間にカシャンとさみしい音をひびかせて倒れ、浮いた前輪がカラカラ回っている。あわててしゃがみ、車体を起こそうとした。

中腰のまま前を見ると、暗い中にふたつの緑に光っているものがあった。わたしは息が止まるほどびっくりして思わずそのまま立ちあがってしまい、斜めの鉄柱に頭をひどくぶつけてしまった。

ごみ捨て場にあったらしきぺらぺらのパンケーキをくわえた、光る目を持ったそれは毛むくじゃらで四本足の生きものだった。

「どっから——」

と声をかけながら、視界のはじっこに見えるごみ捨て場の扉がちょっとだけ開いていることに気がつく。あそこに隠れていたのかも。いつもカギをかけ忘れて帰る、昼番のモモちゃんのルーズな性格を思い出して恨んだ。

生きものの目の光が揺れた。左、右、せわしないそのかすかな動きは、逃げ道をさがすというよりは、目の前にいるわたしの心をかく乱する、というか、つまりわたしをちょっとの間コントロールして、ここから逃げるための数秒をかせぐ、レスリングやサッカーなんかのフェイントトラップっぽい動きに思えた。あ、逃げられるかも、と感じたときにはもう、わたしは自転車をほっぽって、その赤茶色をした毛のかたまりにとびかかっていた。

それは空気みたいにすっと消えた。消えて、腕のそと、わたしの後ろにまた現れた。たぶん、わたしの目の動きをこえた動きを、その生きものがしたということだった。生きものはわたしのほうを何秒か見て、店の駐輪場から幹線道路の歩道に小走りで出て行ってしまった。

走っていく四本足の影で、あれはたぶん犬だろうと思えた。とても久しぶりに、走る動物を見た。そういえばこの街には、ノラ犬やノラ猫とかいった生きものがほとんどいない。故郷にはあれだけ公園の中をうろうろしていた、ちょっとした小動物が見あたらなかった。ネズミや虫除けのパルスを出すマシンを置く店も多いらしいので、だからそんな店がたくさんあるエリアには人間じゃない動物が近づいてこないということもあるのかもしれないけれど、それにしたってこの街の中には、人より小さな生きものがまったくいなかった。

わたしは、痛みにうめきながらよろよろ立ちあがって自転車を起こし、犬が走って行ったほうにこぎ出した。

わたしが働いているこの店は、メトロやほかのバスなんかがいくつも出たり入ったりしている大きな駅から自転車に乗って、がんばっても十五分ほどはかかるくらいの所にあった。駅前にいっぱいある飲食店とちがって、専用の広い駐車場があるけれど、タクシーやトラックとかいった業務用の車だったり、駐輪場にも自転車やスクーターがたまに停まっているくらいで、自家用車で来る客はほとんどいない。スタッフの中で車を使って来ているのは、実家から通っているコタロウだけだった。すくなくとも最初のレストランができた当初は、車で来店する人が多いと考えられていたのだろう。

いまこの街で自家用車を持つ人はあまりいないから、ほとんどの人がメトロをはじめとした鉄道やバスを使って移動している。この国の人たちのうち、あまり体力のない人たちなんかはタクシーを使うこともあるけれど、ほかの多くの人たちにとって時間どおりにたどり着くかどうかわかりにくい自動車は、この街の中ではさほど便利なものだとは思えないみたいだった。

自転車をこぎながら目で追えるぎりぎりの速さで、犬は動き続けていた。それほど大きな犬ではなかったとはいったって、この街の中につながれていない犬がいるというのはやっぱりすごくめずらしいことらしく、ときどき気づいた人たちがびっくりして小さい声を上げ、足をよけたりしていた。でも、頭上ばかりが明るい夜の街で足元にいる生きものに注意を払うこと自体あまり習慣がないようで、犬はかまわずその足のあいだをすいすい進んでいく。自転車のわたしは必死に追った。

*

大規模な駅の周囲には、多くの店が入る大型商業施設が数棟建ち、駅の二階から接続するコンコースによって互いに行き来できるようになっている。コンコースの真下はロータリーになっており、タクシーやバスの乗降場のほか、電車や駅施設に荷物を運ぶ業務用車が絶えることなく出入りする。商業施設は地下にスーパーマーケット、贈答品やデリなどを販売する小規模なカウンターが並んでいて、一階および二階には通勤の途中に立ち寄る客を当て込んだ化粧品カウンターや小物雑貨店、他に、軽い休息が取れる数席の椅子が設けられてはいるものの、ほとんどはテイクアウト客むけであろうコーヒー店があった。その上階には、家電量販店と廉価でシンプルな衣料品店、さらに上階にはレストラン街が設けられている。多くのそういった商業施設は二階から乗客が出入りするように想定されているので、道路に面した一階の出入口はロータリーの裏側に隠れ、薄暗くひっそりとしている。

駅前に建つうちいちばん古い、元は〝ヒャッカテン〟と呼ばれていたらしいその建物は、かなり独特なつくりをしている。入口両側には過剰に重厚な飾り柱があり、入ってすぐの空間にある噴水は、水を枯らしたままになっている。そういった細部は、この国の経済成長期につくられた、いかにも高級小売施設らしい面影を残していた。

裏口のあたりからは、そのヒャッカテンよりさらに古くから存在している駅前商店街というストリートが延びている。商店街自体は古いものの、その中の各店舗はそれぞれ新しい外資チェーンのものにすこしずつ替わっていき、いま、商店街ができた当時の店はもう一店舗も残っていない。ただ、それらの外殻を構成している建物自体は、昔のままで変わっていないところも多かった。そのため店自体はどこも特徴のない内装をしているものの、注意深く観察してみると、なんの変哲もない商店街、一見気づき難い風景の中、化粧建築上部にある看板部分にうっすらと、過去にそこに存在したらしき中華料理店や薬局、青果店、フラワーショップだったらしき店名のかすれた跡が見えた。たとえばペンキで塗りつぶされた看板や店舗にわずかに出た庇といった各所に、過去の多様な業態、この国の都市に暮らす集団が持っている歴史の痕跡が見え隠れしていた。

＊

駅の西口から高架になっている線路を挟んで、店と反対の方角にちょっとだけ進んだあたりのエリアには、再開発とやらで建ったらしき新しくて高いビルが並んでいる。いくつかは住むための場所で、いくつかは仕事をするための場所だった。どのビルの上の階や下の階にもきれいでちょっと高めなレストランや、わたしの住むところの何割か高い値段で外国産の食べものや日用品が買えるスーパーなんかがある。それらのどこも、わたしが人生の中で使うチャンスはまずなさそうだった。

この街は、ほんとうのところかなり大きかった。見わたせるエリアには大きな建物が、故郷の国の風景でいうと山とか木が見えるのと同じくらいの数、並び広がっている。この街に来てすぐのころは、その数えきれないほどの建物だったり、電車の車両ひとつひとつについた、小さなガラス窓の一枚一枚の中を見ると、虫みたいに人がみっちりいるんだろうな、と考えて気が遠くなったりしたこともあったけれど、いまはもうそれだって木とか山にいくらでもいる生きもの、たとえば山犬やネズミの群れだとか、無数の葉っぱの裏にぎっしりとはりついている虫の果てしなさと同じようなものだと感じたから、気にならなくなった。どちらにしたって、わたしの視界に見えるエリアが慣れによって広がっていくわけではなさそうだった。見えているものは、ただそれでしかないんだし、見える全部はわたしの生活と関わりがあるようでいて、ほんとうのところどう関わっているのか、そんなものは考えてみるだけでもくたびれるばっかりだったから。

ふと、なんでこんなふうにして犬を追いかけているんだろうと考える。つかまえたところで、わたしはあの犬をどうすることもできない。飼うことはもちろん、こっそり処分をすることも。

ただ、あの犬はこの街の景色に全然なじんでいなかった。それはたぶん、わたしととても似て見えた。このことで、わたしは、あの犬のことを確かめなければいけない、どんな種類のどこに暮らすなにものなのか、見届けなければいけないと心の中で勝手に決めてしまっているのかもしれなかった。

犬は、ビルとビルのすき間につるんとすべりこんでいった。わたしは道のはじっこに自転車のスタンドを立てて、注意深く犬のあとについてすき間にもぐりこむ。道にもなれないほどのせまい幅しかない空間に置かれた室外機の陰に犬はすっぽりとはまって、くわえていたパンケーキを一度地面に落とし、前足でおさえて前歯でちぎり、あわただしくふた噛みだけしてから飲みこんだ。室外機に隠れるようになっていることの場所は、犬にとてもしっくりきているようだった。犬のための空間なんてどこにも用意されていないみたいなこの街で、うっかり空いていたたったひとつの、ちょうど一匹ぶんの場所という感じだった。ここはこの犬自身が見つけたんだろう。そんなようすも、この国で生きているわたしに似ていると思えた。

食べることに気をとられていたのか、それともしばらく走ってくたびれたために集中力が切れていたのか、あるいは犬のはまったちょうどいい空間が、かえってちょうどよすぎたのか、犬はわたしが近づいていることに気づくのにちょっとだけ遅れてしまった。わたしはその空間のすみにうまいこと犬を追いこみながら抱えこんだ。

毛の塊というか、どっちかというとそれは薄い毛におおわれた筋肉の塊だった。重さのある肉は骨の形がわからないくらいにぐねぐねとよじれ、暴れるのをわたしは腕をけんめいに動かして抱えこもうともがく。犬の頭であごを打ち、爪で手の甲を傷つけられ、ひどいにおいで鼻がおかしくなりそうだった。それでもわたしがその体を抱えてはなそうとしないと気づいた犬は、フウフウいいながら、かすかに動きをゆるめた。でもちょっとでも力を抜きかけるとまた体を素早くよじらせて逃げようとするので、わたしはずっと腕に力を込め続けなきゃいけなかった。フウフウいうその犬の息は、生きもののにおいの裏っかわに、かすかにパンケーキの甘い香りをまとっていた。

飲みこみそびれたパンケーキの三割くらいがまだ口の中に残っている。この犬の食い意地の強さで、いまわたしは噛まれないで済んでいるのかもしれない。犬は首輪をつけていなかった。ケガはなさそうだけれどとても嫌なにおいがして、顔の、とくに口まわりに小さい羽虫がたかっている。抑えこんだまま腕に力をこめて抱え上げると、口の中にほんのちょっと残っていたパンケーキをぽとりと落とした。けれど、こっちに牙を剝くようすはなかった。わたしは力を入れてその筋肉の塊を抱えたまま、息をきらせながら立ちつくしていた。このまま店の裏口まで戻ったほうがいいのか、それともいっそ、このまますぐまた手を放して、逃がしてしまったほうがいいのかも。犬は臭く、毛がもつれていて、心臓の音が速く力強く、そうしてとても温かかった。

しばらくそうして考えてから、逃がさないように気をつけながら犬をマフラーできつめに巻いた。片手で起こした自転車の前かごに巻いた犬を詰めて、もう片方の手で逃がさないように抑えながら自転車をひいて家に向かった。最初こそ大きく見えたけれどもそれは毛足の長さのせいだったみたいで、抱えてみて、思ったより瘦せていることに気がついた。たぶん五キロから七キロの間くらい。首輪がついていた跡がうっすらとついている。飼われていて、どこかから逃げ出してきたのかもしれない。こわごわ進むと、ひとりのときより重心が前になったからか、ちょっとふらふらした。注意深くハンドルをつかんで歩いた。犬は最初びっくりして、ほんのちょっと身をよじらせながら周りを見たけれど、よけいなことをして落っこちるほうがあぶないことに気がついたのか、それ以上暴れることはなく、かごの中から飛び出そうともしなかった。

　車の多いところで逃げられるのが怖かったから、いつもとちがう道を使った。暗い道に入って、わたしは自転車のライトをつけた。古い自転車についた弱々しいライトは街の灯りが多い所では意味をなさない。実際よく警察にもとがめられた。

　私鉄の線路ぞいにのびる、車がすれちがえるぎりぎりの細い道をずうっと進んで、どこの駅からも同じくらい遠い部屋に帰る。自転車の前かごにどっかから拾ってきた生きものを入れるシーンは、すごく古くて有名な映画にあったような気がしたけれど、どんな物語だったかはきちんと覚えてないし、たぶん、ちゃんと最初から最後まで見ていない。というか、あの映画に出ていた生きものは犬じゃなかったかもしれない。

わたしが住んでいる部屋は、人間以外の生きものを持ちこんだらいけないはずだった。この国の安いアパートはどこも、たいてい人間以外の生きものの立ち入りを許さないしくみになっているみたいだ。アパートの外階段下に自転車を停めて、犬のにおいにちょっとだけひるみながら上着の中に入れて、防犯カメラの動きに気をつけながら階段を上がって自分の部屋に入った。

玄関を入ってすぐの所に置いた犬は、とくに嫌がるでもなく、鼻先をあちこちに向けてこの空間を探っているようすだった。この生きものを部屋に上げるのは悩ましいけれど、さすがにこのひとり用玄関はこの犬にとって狭すぎるように思えた。鍵をかけたわたしは悩んで、そのまままた犬を抱え上げシャワールームに入った。上着とマフラーはさすがに明日も同じように身につける気にはなれなかったので、洗濯機に放りこむ。濡れた犬は思っていたとおり痩せていて、なによりほんとうにとても臭くて、洗っても洗ってもなかなか水は透きとおらなかった。においの迫力がちょっと弱くなり、すすぐ水が気持ち半透明になったところで、それ以上洗うのをあきらめた。台所からハサミとビニール袋を持って戻り、絡んだ毛をできるだけ切って、排水溝が詰まらないよう袋に捨てた。毛を切るためのハサミじゃなかったからか、あちこち引っかかって斑《まだら》にはげができたけれど、ケガだとか皮膚の病気っぽい異常はなさそうで、見た目だけはだいぶすっきりした。シャワールームから出て、足を踏んばらせたまま体を素早く回転させて体の水分をしきりに弾き飛ばしている犬の前に、自分で食べるために残しておいたチーズのパンと牛乳をそれぞれ軽く温めてから出した。犬はどちらもそれぞれ十秒ほどで、パンはやっぱり三回くらいしか嚙まずに飲みこんだ。さすがにくたびれていたんだろう、食事が終わると玄関に作ったバスタオルの寝床に丸くなって寝息を立てはじめた。

わたしはベッドに座って、枕のそばにぶら下がっている充電プラグをたぐり、ポケットから取り出した端末をつないだ。アプリを立ちあげログインする。

これはわたしたちに許された、故郷のようすを知るためのわずかな方法だった。あの国の言葉、あの国の食べもの、あの国に暮らす人たちの考え、あの国に、いまの時期だけに咲く花。アプリのタイムラインにそって、液晶の下から上に流れていく故郷の断片を見ていると、なつかしさでもない、さみしさでもない、いったいなんなのかわたしにさえわからない思いがふわふわと頭の中にも浮かんで、親指の動きにあわせて流れていった。海ぞいにあったあのジューススタンドでアイスを買った思い出があったし、週末にあの広場で開くマーケットのあの位置にわたしは立っていた。わたしは、どんなふうに暮らしたくてあの国から出てきたんだろうか？　わたしは、これら故郷の景色になにを求めているのだろうか。

わたしはこの国で、犬を拾った――というかほぼ無理やりつかまえた――ことを街の人に知らせるチラシを作って貼ってまわることさえ、たぶん許されていない。すこしのあいだ考えて、フォロワー数も文字数もすごく短く制限された自分のＳＮＳアカウントに、丸くなって寝ている犬の写真を、特定されないよう大まかな場所と犬の特徴だけを簡単に打ちこんでアップロードした。

＊

薄い紫色の入った老眼鏡を掛けた女性は、まず先に部屋に入ると、ドア横の壁についた電気のスイッチを指先ではじいた。部屋の蛍光灯は古ぼけており、点灯に時間がかかり、しばらく点滅していたが、元々この時間、角部屋の二面に設えられた大きな窓からは暖かな日差しが充分に注いでいるために、室内は非常に明るかった。

「あ、そっち側に座ってくださいね、そっちのほう、ええ、そのほうがあったかいですからね」

彼女は意識的に簡単な言葉と明瞭な発音で、彼女の生まれた国の言葉を使って話しかけた。彼女は、移民を希望しているこの国の人々に手続きの説明をする女性だった。この国に駐在して三年になる職員であり、同時に申請に際しての面接官も兼ねている。彼女はまず、今日の面接はこの一件だけなのだと話した。これは、彼女がいつも面接相手の緊張をなくすために使っている決まったいいかただった。

日差しはいつだって、だれにでも豊かに平等に、無償でふり注いでいる。それはこの国の、まちがいなく誇るべきすばらしい点だった。たとえ国の状況がどれだけひどいありさまになっていたとしても、この豊かな太陽の光は、たぶんずっと変わらない。彼女が面接相手に座るよう促した椅子は、肘掛のない粗末なパイプ椅子だった。座面にはパッチワークで作られた薄いクッションが置かれていて、そこにも豊かな陽が当たっている。そのようすを見た面接相手は、この国で自分のような人間に長く向けられることのなかった〝敬意〟のようなものが具体的な実感を伴って存在しているように感じるのだ、と面接官である彼女は考えていた。座るとまずその座面から暖かさが上がってきて、その後、肩や首元にも暖かい陽がふんわり降りかかってくる。それは面接相手にとって、祝福と同義と考えて差し支えなかった。

「筆記試験はやさしかったですか」

彼女は机を挟み、その向かい合うパイプ椅子に座ると、まずそう声をかけた。持っていたバインダーに挟まった申請書類に目を通してから、さりげなく眼鏡をずらしておどけた上目遣いで相手の表情をうかがう。そうすることで、眼差しから厳しい光をだいぶん減らすことができる。どんなに彼女が老いた穏やかな口調の女性であっても、それが移民審査の面接官であるというだけで相手はわずかでも怯えるものだ。今回のように若い女性なら、とくに。

実際、筆記試験自体は特別に難解なものではない。移民先の言語も法律も、ちょっとした勉強でなんとでもなる程度のものだった。むやみに意地悪な精神性を問うてくるものでもないし、優秀な人だけを選びとるだとか、だれかをふるい落とそうというよりは、学ぶ意欲を持つ人、働きたい人をなるたけ助けようという――建前だけとはいえども――ひとまずはそういう目標を達成させるための審査ではある。それにしたって、この小柄な若い女性のスコアはすばらしいものだった。この国で、これだけの基礎教育と高等教育を受けることができる女性というのは、今後どんどん減っていくだろう。と、資料に目を通しながら彼女は気分を重くする。

「おひとりですか。ご両親、ご家族は？」

ボールペンのキャップをしたまま、先の部分で書類に記入された文章を追いながら、彼女はたずねる。その問いに女性から、

「親は、ふたりとも大学の教授でした」

という言葉が返ってきたことで、彼女はつとめて笑顔を保っていたはずの表情を思わず曇らせる。いま、この国のそういう種類の職に就いていた人たちにどんなことが起こっているのか、彼女にも簡単に想像がついた。でした、という過去形である語尾

の意味を受け止めたのと同時に、その両親が受けた、運命の結果が書かれた部分の記述が目に入った。こんな、若いを通り越して少年のようにも見える女性がひとりで緊急移住を希望するのには、それ相応の理由がある。

「あなたの渡航はまったく問題なく受理されると思います。移民申請に必要な条件を満たしているし、どれをとっても素晴らしい能力です。ただ――」

彼女は女性のほうを真っ直ぐ見て、穏やかに、かつ慎重ないいかたで続ける。

「あなたが渡航を希望している国で移民として暮らすには現状、申請方法はふたつあります。が、どちらを選ぶかであなたの人生がこの先、なんというか……だいぶ変わっていくんではないかと思われるんです」

彼女は持ってきた書類フォルダからパンフレットを二冊、テーブルの上に差し出した。卓上に並べられたそれを、若い女性は注意深く交互に眺めている。一冊目は艶のあるコート紙にフルカラーで、さまざまな人種の若者が微笑む写真が並んでいた。もう一冊――というか三つ折りにされた一枚のチラシ――は、淡い緑色の再生紙に黒インク一色で、文字だけが刷られているものだった。

「手に取っても?」

「もちろん、もちろん。よくお読みになってください。書き込んでいただいてもかまいません。どちらも差し上げますから。お持ち帰りになって、しっかりご検討なさってください。どちらも申請の締め切りまでまだ期間がありますから」

若い女性はまず、最初に出されたカラーのパンフレットを手に取った。開くと、英語のほかさまざまな言語で、移民の声、つまり移住先の国で活躍しているとされる人たちの言葉が並んでいる。中身もすべてカラーで、どの写真も、豊かな自然の中や清潔な建物を背景にして、あらゆる年齢、性別の人たちが撮影されている。

「このプログラムは、クリエイター支援のソサエティが主体となって立ち上げたものです。音楽や絵画、写真、映像といった創作一般や執筆、翻訳、評論研究なども含みます。プログラムはそれら創作者たちの生活を保障します。作品発表の実績を定期的に報告することで三年毎に申請を延長できますが、営利目的の行為、いわゆる〝労働〟というものができません。作品に対する表彰や褒賞として多少の財産所持は可能です。が、課税はかなり高率で、そのためほとんどがソサエティへの寄付になります。

創作をしているかぎり基本的に生活や創作のための経費は保障されていますが、創作の実績がないと帰国あるいは試験を受けた上で、さらに別の移民申請を行うことになります。そうして」

彼女はもう一方の、緑色のパンフレットに手を伸ばして引き寄せ、皺の入った指先でそれを開いて片方の手で押さえた。もう片方の手で自分の眼鏡を外し、ツルの先で文章を指し示していきながら説明を続ける。

「こちらのほうは、労働者向けのプログラムです。申請の基準は比較的ゆるく、働くことも含めて基本的な生活に関しての自由度が高いです。だから先ほどのプログラムで創作のできなくなった人がこちらに切り替えるというケースも多いんです。とはいえ、疾病時の生活の保障はされにくいため、専用の移民保険に入ることをお勧めしています」

「その国……では雇用や収入は、どの程度安定しているんですか」

と若い女性がたずねるのに、彼女はこたえた。

「まあ、あの国だけでなく、いまはどこも厳しいですからね。ただ、あなたほどのスコアなら、よっぽどの場所でなければ仕事に困ることには……なりにくいと思いますけど」

戦地でさえ、いや、むしろ戦地のほうが重用されるのでは。と彼女は思ったものの、口には出さなかった。

「すみません、なんだか変なことをきいてしまって」

と女性が頭をさげるのを、

「いえ、いえ、わからないことはそのときにどんどんきいてください。いまのうちに。そのほうが絶対いいので。それに結局、決定されるのはあなたですから」

といってから、

「先ほどもお伝えしましたけど、あなたなら、どちらでも申請は通ると思います。語学のレベルは翻訳者として働くこともできるほど申し分ないものですし――」

「こっちにします」

「あら、もう決めちゃうの」

女性の唐突な返答を受けたため彼女は驚いて、つい、まるで買い物のとき家族にするような言葉づかいをしてしまう。

「家に帰ってからゆっくりお考えになってもいいんですよ」

「いま決めてしまったらだめなんですか」

彼女は首を振って笑い、

「私もね、正直、この二択であればこっちを選ぶと思うんですよ」

と同意した。彼女がいったことはまったくの嘘ではなかった。嘘をつかないことが、この仕事のいちばん重要な点だった。彼女は口を横に引き結び微笑んだまま、

「でも結局――このことはどこに行っても大きなちがいはないと思いますが――これから向かう国のすべての人が、あなたに全幅の信頼を抱いて、温かく迎え入れてくれるとは限りません。その国の人にとって、ときにあなたは脅威になる。それはたとえ優しく愚かであると思われても、賢く力強いという印象を与えたとしても、そのときどきで、あらゆる人たちに様々な形での脅威を抱かれるんです。どれだけ倫理的に、理性的にふるまっていたとしても、です」

申請を考える人たちにこのことをきちんと伝えるのは彼女の義務だと彼女自身は信

じているが、もちろん、本来はそんなことをいう必要のない社会であるのに越したことはないのだ。

話をしている間、背中に浴びせられる窓越しの日差しは彼女たちの体を包み込んで暖めていた。彼女たちはどちらも口角を上げて笑顔をつくり、うなずきあった。ふたりの協定関係はこの時点で完全なものとなった。

正直に、誠実でありながらそれでも注意深く話すことは、自分ができるほとんど唯一の仕事なのだと彼女は考えていた。移った先で命の危険を感じながら、それでもまったく知らない場所で暮らそうと決意した人たちが、その先でどんなに辛い目にあったとしても、この面接官の故郷であるならば、どこかにかならず希望があるのだと思ってもらえるように。

＊

この国に来るとき、わたしたちはおおまかにふたとおりの生きかたから、どちらかひとつを選ばせられている。

わたしやタケダムさんみたいに働いてお金を手に入れながら生きる移民は、この国の人たちには〝セイカツシャ〟と呼ばれている。この国にいる移民や難民のほとんどがセイカツシャだった。もとからこの国に生まれた人たちとくらべたら、ちょっとしたわずらわしい約束ごとや管理が多い中で暮らさないといけないのはしょうがないとして、それでも働けば、代わりに死なないくらいのお金を手に入れることができた。セイカツシャは毎日ずっと働いて、そのぶんほんのちょっとずつでもお金を貯めることができて、それはこの国の人とほとんど同じに見える。とはいったって、この国でセイカツシャができる仕事なんてたいしたものがないから、貯められるお金というのもたかが知れていた。それに不満を持って、たくさんの仕事をかけもちするなんていうのはいいほうで、中にはあまりお金がもらえなくて厳しいだけの仕事場から逃げ出して、保障のないイリーガルな組織にからめとられてしまう人もけっこういる。わたしだって、どれだけまじめに働いてもそれに見合ったかたちでこの国に迎え入れられていると思えないことも多少はあるから、彼らの気持ちはわからないでもない。ただ、故郷に残した家族がいないわたしにとってお金はそこまでたくさん必要なものではなかったし、命の危険というものがすぐそばにない現在の状況だけでも充分すぎるくらいありがたかった。

とりわけセイカツシャがこの国の人たちといちばん差を感じさせられる身近で大きな点は、情報通信に細かいきまりがあることだった。いくつかのSNSは、アカウント名だけでセイカツシャかどうかだいたいわかる。文字数だったり一日の投稿件数だったり、画像や動画のデータ量だったりにも制限がついている。これらはセイカツシャ用のフリーアカウントだけに在るものだった。表向きは課金さえすれば制限は解除できるけれど、セイカツシャが有料アカウントになるのは現実的なことじゃなかった。自分の意見を長く語ることに制約があるのは、移民がこの国に対してなにか大きな声を上げることを都合が良くないと考えられているのかもしれないけれど、すくなくともわたしはいまのところ、あらゆることに声を上げるほどの大きな不満を持ってはいなかった。

わたしたちのようなセイカツシャとは別に、数は多くないけれど、絵だとか音楽、映像や文章みたいなものを発表することで生活している人たちというのもいる。そういう移民はこの国の人たちに〝ヒョウゲンシャ〟と呼ばれている。前にいた国で音楽や絵画、写真、映像制作、文学とかいったものについての技術を学んでいたり、一定以上の評価を得ていた人たちが、この国のことや元いた国のことなんかを表現したり評論、研究をしたりする代わりに、生活と制作のためのお金をもらえるシステムになっている。

ヒョウゲンシャとしてこの国に暮らすということは、つまり働いてお金を稼がないということだった。多少の名誉としてなんらかのモノやお金を国内外から受けることがあっても、ほとんど寄付する決まりになっている。これは表現が経済活動にとりこまれて、その性質がゆがめられることを防ぐためだという建前があるみたいだった。そうはいったって、この国の中で国のシステムからホショウを受けて表現をするなら、どのみち表現の性質は変わってしまうような気もするけれど。

セイカツシャがヒョウゲンシャになるには、申請試験のほかにも、セイカツシャとして暮らしながら、移民として許される範囲の創作活動をして、その実績を認められないといけない。ただ、セイカツシャは仕事と毎日の暮らしで忙しいしお金もないから、研究とか制作といったものに長い時間をかけることができない。だからいちばんの近道は、公募形式のコンペティションに応募して、なにかの賞をとることだ。

一方、ヒョウゲンシャのほうも長いこと創作していなければ、たぶん入国管理の役人がやってきて連れていかれるんだろう。その後はセイカツシャになるか、またどこかの国に行くか。だからかもしれない、この国のヒョウゲンシャはいつも、なんだか必死になって創作活動を、つまり過剰にクリエイティブなふるまいをしているように見えた。

わたしはもともと勉強していたのが自然科学に関する分野だったし、ヒョウゲンシャになることなんて考えてもいなかった。ただ、タケダムさんやわたしみたいにこちらの語学試験に受かり、生まれた国での成果も認められて、そのうえでなおセイカツシャのほうを選ぶことは、この国の人たちにはかなり妙なことに思えるらしかった。つまり、ヒョウゲンシャのやっているようなことというのは、ふつう、世の中のみんなにとってみればお金にならなくてもかまわない趣味のようなものであって、それで最低限の生活費をもらえるのであれば、わざわざ大変なセイカツシャを選ぶ人なんかいないだろう、ここの国の人たちはみんなそう考えているふうだった。
だからといって、そういう大変な暮らしをしているわたしたちが気味悪がられることはあっても、ありがたがったりされることなんてまずないし、ヒョウゲンシャでいることがばかばかしくなるくらい稼げるというほどのこともない。そのうえセイカツシャはヒョウゲンシャに許されることがほとんど許されていない。ただ、ヒョウゲンシャのほうでも、わたしたちが許されていることの多くを制限されてはいるけれど。

犬が騒いでしまったらどうしよう、というのはどうやらよけいな心配みたいだった。耳をすまして息をひそめると、ささやかに寝息が聞こえるかどうか、といったぐらいのようすでじっと丸くなったままでいる。犬ってこんな静かに眠るのか、とあらためて気がついて、それはとても意外なことに思えた。自然界で捕まるかもしれない立場の生きものが生活音をあまりたてないというのは、考えてみればあたりまえなのかもしれないけれど。

今夜、仕事で店に行く前に、役所かどこかに届けるべきなのかもしれない。わたしみたいなセイカツシャが人ではない生きものと一緒に暮らすということは難しい。広い住まい、犬用に決められている健康診断や予防接種、それに管理タグや保険というふうな手続きのややこしさを考えると、なかなかハードルは高そうだった。

生活をしているあらゆるところに入り込んでくる別の生きもののにおいが鼻についてしかたなかったので、ふだんほとんど飲まないコーヒーをいれるためにお湯をわかしながら、なにげなく見た端末に表示されたとんでもない通知の数で、一気に目がさめた。ゆうべ、貼り紙代わりというつもりで自分のアカウントにアップロードしていた犬の画像についての反響だった。

この国で暮らしていて、ぜんぜんノラ犬を見かけないということについて、わたしは特別な理由みたいなものはなく、単純に人以外のあまりきれいじゃない生きものを機械的に処分をしているのだろうとうっすらと思っていた。けれど、ひょっとしたらこの国の人にはもう一方で、強い倫理というか感情というものがあって、人間以外の動物に関してはわたしが思うよりずっと強い気持ち、つまりかわいそうだとか、守らなくっちゃという強い感情のゆれみたいなものを起こしやすい特殊な性質も持ちあわせているのかもしれない。それがちょっとした、たとえば今回の犬の画像のようなきっかけで爆発をしてしまうみたいだった。

アカウントにぶらさがっているコメントには、ちらりと見えているミルクの入っていた皿を見て、もし犬用のものでないなら胃腸に良くないだとか、寝そべっている床がタイル張りなのを指摘して、爪を傷めるからワンちゃん専用のクッションカーペットを敷いてほしいだとか、もっと極端な、これは虐待だという糾弾が、一日で返信することとなんてとてもできないと思えるくらいきていた。

それらには、たくさんの人の温かさではなく、暴力を受ける手前くらいのひんやりとした怖さがあった。こんなことになるなら、気安く犬の画像なんてアップロードするんじゃなかった。わたしは、この国の人たちの正しさとか感情をコントロールする部分に、わたしとちがったちょっとした特徴があることにきちんと気づけていなかったのかもしれない。

わたしたちセイカツシャに許されているアカウントは、コメントに対する返信もヒョウゲンシャのアカウントよりずっと制限がある。だからどうしたって説明は不足してしまうし、なにより、こんなにたくさんの質問や申し立てにわたしひとりで返すことなんて、とてもできそうになかった。かといって、いまさらこの投稿を消してしまったとしたら、よけいに騒ぎが大きいことになってしまうのはまちがいない。

あたりまえのことではあるけれど、犬はまったくそんなことを気にかけていないようすで鼻先をせわしなく動かしながら部屋の中をたしかめて回っている。わたしはあわてて着がえて部屋を出ると、家の近くのコンビニでいちばん安いのと二秒くらい迷ってから、ほかよりすこしだけ高い缶詰のドッグフードを買って帰ってきた。空いた缶をわざとらしく横に置いて、それを食べさせているところの動画をもう一度SNSにアップロードした。アドバイスへの感謝と、すぐに飼い主を探します、公的な施設にも一刻も早く連絡をしておきます、という意味の短いメッセージを添えて。

今夜の仕事まではまだちょっと時間があった。ただ、排泄物のあとかたづけとか、それに関わるにおいとか、もともと犬それ自身のにおいとか、そんなことにわずらわされているなかでもひっきりなしに鳴るメッセージ通知とかに、もうすっかりうんざりしてしまっていた。メッセージの内容は（あれほど悩んでちょっとだけ良いほうのものを買ったのに！）あのフードは数年前に発がん性物質がほんのちょっと検出されたもので、ほんとうに犬のことを考える人間ならばぜったい与えないはずだ、というものだったり、中にはわたしのアカウントのずっと昔のポストを拾い上げて、この規模の集合住宅での愛玩動物飼育は禁じられているはずだ、とか。ひどいものでは、アカウント主が元いた国によっては犬の肉を食う文化がいまでもふつうにあるんじゃないかなんていう、もうすぐにでもこの犬を窓から放り投げてやりたいと思ってしまうほどのとんでもないいいがかりまであった。

とりわけ、施設に連絡して連れていくということについては、人によって意見がほんとうにばらばらで、連れて行くな、いや、一刻も早く届けを出すべきだといういいあいが、わたしの知らないアカウント同士のやりとりでもずっと続けられていた。

思わず別のアプリを立ち上げて、メッセージを送った相手はタケダムさんだった。他にどうしたらいいか思いつかなかった。ゆうべからいままでの話をかいつまんで送ると、これからバイクですぐ近くまで行くから次の連絡を待っていてほしいと返事が届いて、さらに十五分もしないうちに次のメッセージが届いた。

＊

世界中の主要な都市と同様、この街には何本かの川が流れている。過去、都市計画のために治水され張り巡らされた支流のうちの数本は塞がれ暗渠化し、戦後もこの街で行われ続けた多くの開発によって、その暗渠部分は徐々に増加していった。

街の中のようすを見ていると、かつての川の佇まいを想像することができる。暗渠を挟んで建ち並ぶ家は、かつて川岸にあった建物群の面影を残している。いまはもう道路になっている場所に向けて作られた小さな勝手口は、以前、川であったときには存在しない出入口だった。車の乗り入れが難しいほどに曲がりくねった暗渠の小道には、年季の入った屋根つきスクーターや電動自転車が、民家ぞいに停められている。

暗渠の脇には古くに作られた公衆浴場が多い。排水の関係で川べりに作られたこれらの古びた施設は、現在、この都市圏で、ホショウによって生活をしている高齢者の公衆衛生と社会的交流を細々と守っている。

この街の暗渠の多くは、緑道として住民のために開放されている。健康のためにジョギングしている男性、犬の散歩をさせている子ども、買い物袋を提げて歩くスーツ姿の女性。植込みが続き、数十メートルおきにベンチが設置され、稀に広場状になっているところには遊具が置かれている。そこで子どもが遊んでいるのは昼前と夕方ぐらいで、そのほかの時間帯は比較的閑散としている。昼間も夜も、ほんのたまに高齢者が所在なげに座ってぼんやりしているくらいで、特にこれといった活用がされているようには見えない。

戦後長く同じ風景を保ち続けてきた暗渠の緑道は、縦に見通しがいい。ベンチに腰掛けて、道にそって視線を上空に向けると、大都市圏の変化し続ける景色に建つ高層マンション群が、まるで掛軸に見える。

＊

家の近くにある公園、というかちょっとした遊具があるだけの細くて長い場所に、街のごみのにおいがしみついた犬を抱えて連れて行くと、パンダの形をしたセメントのかたまりにタケダムさんが座っていた。手足の長い彼女が、ちんまりとした子ども用の遊具に座っているすがたは、なんだかかわいらしく見えた。彼女の足元には紙袋が置かれている。わたしのことを見た——いや、正確にはわたしが抱えた犬を見た——とたん、タケダムさんはわたしが聞いたことのない声を上げた。わたしが臭さにおじ気づいて、できるだけ触りたくないと考えていたその犬に、タケダムさんはためらうことなく顔を近づける。そうしてから鼻先をなで、喉をなで、頭をなでた。タケダムさんの犬を見る目はうれしそうで、わたしが見るかぎり、そのなでかたはとてもうまいものというか、自然というか、犬のほうの心地よさにもうまくかなっているようなやりかたに見えた。

「久しぶりに、動物をさわる」

とつぶやいたあと、

「北方のイヌだ。栗色の巻き毛の、典型的な中頭種」

とタケダムさんは続けた。この街で北方というのは、国境の先のことを指す。犬の見た目に、国境なんて関係ないと思っていたわたしはびっくりしたし、それよりタケダムさんが犬に顔を近づけて、しばらくなでただけでその犬の由来をずばりといいきったことにもびっくりした。タケダムさんは足元の紙袋をつかんで、わたしに差し出しながらいう。

「首輪とリード、しばらくの間必要だろうと考えたものが入ってる。この子にはつけられていた跡はなさそうだけど、これだけ人慣れしているのならつけても問題ないんじゃないか。もちろん、この子が嫌がらなければ」

「あ、昨日は薄くついてたんですよ、首輪の跡。ゆうべ、すごく臭かったのでお風呂でしっかり洗ったから、かなり目立たなくなりましたけど」

タケダムさんは、犬のことを〝この子〟と呼んでいた。

「あと、ドライフードとトイレ用シーツも。まあ、ノラが長ければ排泄は外でさせるほうがいいかもしれない。処分をしっかりしていれば、近所の人に嫌がられることもないだろう」

「待ってください。これ……あ、この子、ですけど、わたしの部屋では飼えないので、仕事の前に役所かどこかに連れて行こうと思っているんです」

タケダムさんの顔が固まった。眉がかすかに動く。こういうときのタケダムさんは、たぶん誰の目から見てもすごく恐ろしいと思えるほどの〝太い〟迫力があった。たぶんタケダムさんからしてみると、怒りでもない、ちょっとした不審をにじませるといった、ほとんど自覚していないほどの表情の変化なのかもしれない。けれど実際、その状態のタケダムさんを目の前で見ると、どんなにえらそうな客でもきまって黙りこんでしまう。

「国境を渡ってきた人間に対してこの国が取っている態度を見たら、国境をうっかり越えてしまったこういう生きものがどんな目にあうか、あらかた想像がつく」

タケダムさんはそういって犬を抱き上げた。具体的に考えてはいなかったけれど、そういわれてこの国のいまのシステムを考えてみれば、わたしみたいなセイカツシャが連れてきた生きものに対して、この国の多くの人々が正当な尊厳や優しさをもって接してくれるとは思えないということに気がついた。

タケダムさんの指示のとおりに紙袋から首輪を取り出して犬につけ、首輪についていた丸い金具と、ロープの先についたかぎ型の金具をつなぎ合わせた。犬はおとなしくそれに従っている。まるで、そうあることが正解だと犬自身が知ってるみたいに見えた。タケダムさんがいう。

「私たちが働いているあいだは店の裏手につないでおこう。餌がもらえる場所だと知っていれば、逃げても戻ってくるはずだから。コタロウにわけを話して協力してもらおう。だから今日の夜、出勤時にこの餌やリードといっしょにこの子……ええと——」

「名前なんてないですよ」

「——とにかく連れてくれれば、絶対、なんとかするから」

タケダムさんの言葉はいつもと同じに力強くて、だからわたしもいつもと同じようにとても安心した。

タケダムさんは犬を地面におろした。文化通念上、世界共通でつながれることに慣れていると思われるその動物は、嫌がるそぶりを一切見せることなくわたしたちの足元に座った。こう見ると、ごみ捨て場にいたときのぼろぼろの毛のかたまりよりずっとまともな、人といっしょに暮らすのにふさわしい生きものに見えた。ためしにそのへんを散歩しよう、とゆっくり公園を出て、まるで散歩用に作られたとでもいうようなくねくねと細くのびる緑道を、タケダムさんとわたし、犬とつれだって歩いた。ロープを持ちあぐねているわたしのほうが、犬につながれ散歩をさせられていて、歩くことに慣れない生きもののように見えたかもしれない。タケダムさんによると、この道はかつて川だったらしい。地下に水が通っているんだそうだ。

「わたしとかタケダムさんの故郷の国と比べて、この国のいいところってなんでしょうか」

と、わたしはタケダムさんにいうともなしに言葉にした。

「そりゃまた、ずいぶんと唐突だね」

タケダムさんにいわれたことで、そうかこの問いは唐突なものだったのか、と思う。

タケダムさんはうーんそうだね、としばらく考えて、

「みんな、生き抜くためのデスゲームみたいなことをやらされているんだよ。世界中、

あらゆる場所で。それが、自分たちの生まれた国では生きるか死ぬかのバトル・ロワイアルだけど、ここじゃ、〝タケシ城〟みたいなものなんだ」

その古いゲーム番組の名前はわたしも知っていた。その番組は、いろんな国でずっと昔からくり返し放送されているらしい。わたしも、生まれた国で子どものころに見たことがあった。タケダムさんは続けた。

「負けたらそれでゲームオーバーなのは、どちらも同じだ。ちがいといえば、この国じゃあヘルメットとか肘当て、膝当てをつけられているくらい。でも、ちょっとした生ぬるい親切心と引き換えに、名誉や自尊心をひん剝かれて滑稽なことをさせられているのは、死と同じくらい苦しくて許せないと思う人だっているだろうね」

「どっちもどっち、ですか」

「まあ、ルール無視でそのへんにのたれ死なないぶん、まだましだと思ってる」

散歩はごく短い時間だった。でも、タケダムさんとわたしと、つながれている犬とで歩いていると、なんとなくこの街の中で、ひとつの単位として成立している家族になったみたいに思えた。散歩を終えて別れるとき、タケダムさんが思いだしたようにいった。

「そうだ、来月、店で貸切のパーティの予約が入ったってさ」

「なんでまた」

「さあ、ヒョウゲンシャのパーティらしい」

「トモダチの?」

「詳しくはきいてないけど、おおかたそうだろ」

「店で?」「来月?」

わたしは二度繰り返してたずね、その二度ともにタケダムさんはうなずいてから、

「昨夜店のシステムに入力しておいた。仕入れとシフトにも関わってくるから、たぶんみんなもう知ってるとは思うけど」

とこたえた。

アパートの下でタケダムさんとわかれて、犬を抱えこんで部屋の中に入れた。タケダムさんからもらった紙袋の中には、何種類かのドッグフードとおやつ、さらにステンレスのボウルがふたつ入っていた。犬はボウルに入れたフードをがつがつ食べ、水

をがぶがぶ飲んだ。そのようすがあまりにもすばらしかったから、数秒の動画を撮って、ＳＮＳになんのコメントも入れずにアップロードした。

短いうえにずいぶん粗く小さいサイズのその動画は、意外なことに、たくさんの人にとても好意的に受け入れられたみたいだった。タケダムさんがくれたそれほど高くはないらしいそのフードは、長く誠実な商売をしていて安心だと定評のあるメーカーのものだったらしい。また、首輪も器も派手なものじゃないけれど、犬のことを考えた、きちんとした品質のものなのだそうだ。それらのコメントによってあらためて、タケダムさんは物知りで、そうしてちゃんと犬が好きな人なのだということがわかった。

すこしはコメントも落ち着いてくれるんじゃないだろうか、とほっとしていると、

〈犬さらいめ！　おまえ移民だろう〉

というタイトルのダイレクトメッセージが届いた。つくづくうんざりしてメッセージを開くと、そこに添付されていたのは、わたしが撮った動画を部分的に切りとり、アプリケーションで加工し彩度を上げた画像だった。無加工では気づかなかったけれ

ど、窓ガラスの反射でわたしの肩口に入った入れ墨が見えるようになっていた。

移民と呼ばれる人たちがみんな、見た目にわかりやすいしるしを持っているわけじゃない。じっさいタケダムさんだって、この国にそういう人がいるといわれてみれば、ギリギリそうともいいはれるぐらいの見た目をしている。ただわたしのこの入れ墨模様は、わたしが生まれた国や周囲の国にある文化に由来するものだった。わたしの肩には、とても小さいころからちょっとしたしるしが入れられていた。暮らしている場所のしるしや一族のしるし。育つにつれて、この年まで死なななかったことのお祝いだとか、次の決まった年までなにもなく生きていけますようにという祈りのしるしが足されていった。そのこと自体になにも問題はない。呪いなんかじゃなくて、愛されて祝福されてきたしるしだったから。ただそれが、ちょっとした文化のずれですっかり〝消えない汚れ〟になる。政治変化が起こったいま、わたしの生まれた国でもこの入れ墨をすることは禁じられているし、わたしくらいの年の人でこれを入れてる人はほとんどいない。わたしの肩にこのしるしが入っているのは、お父さんとお母さんが、暮らしている国のいままでの歴史や文化を研究し、記録をしていた学者だったからだ。

外側から見てわかる文化的なしるしを、この国に来てからなくしてしまうセイカツシャは多い。消したり、体から外したりしてくれる場所というのがあちこちにあって、ちゃんとした医者じゃないなら、さほどお金もかからない。一方で、とくにヒョウゲンシャは生まれた国の文化を大げさに残していることがよくある。だから、このメッセージの送り主もわたしのことをヒョウゲンシャだと思っているのかもしれない。一日でできる返信の回数にも制限があるけれど、これは返すべきだと考えて、わたしは返信を打った。

「この犬の飼い主に心当たりがあるんですか？　おっしゃるとおり、わたしは移民です。ただ決して裕福ではないセイカツシャなので、動物は飼えません。この犬は働いている所に迷い込んできたもので、だからどうしたらいいかほんとうに困っています。長くてもせいぜい一週間ほどしか世話ができないと思います。役所へ連れて行くつもりです」

送信した後、まだ犬臭いシャワールームで体を洗って、仕事に行く準備をした。犬はそれまでおとなしく部屋のすみで昼寝をしていたけれど、わたしが玄関先で綱を持つ姿を見るなり、起き上がってしっぽを振りながら玄関のところまで歩いてきた。紙袋を提げて、犬といっしょに部屋を出る。近所の人に見つかったところで、この犬と暮らすつもりはないのだから怯えることもない。犬を自転車のかごに載せる。犬は慣れたのか、動こうとはしなかった。これなら自転車をこいで行っても大丈夫そうだった。タケダムさんから受けとった紙袋をハンドルに引っかけて、わたしはゆっくり自転車をこぎ出した。

平べったいドライブインの建物は、幹線道路が高速につながる直前の、ゆるやかな坂道になっている上にある。だから店の側からは街の中心部のようす、いちばん賑やかなエリアの飲食店とか、歓楽街の無駄に巨大なホストクラブなんかの看板がよく見えた。看板の男は、つるつるとした健康的な薄桃色の肌をしている。そうして逆に明るい街の中心から店のほうを注意深く眺めると、周りの暗がりにぽつんと白々しい灯りを見ることができた。それが、わたしたちの働く店だった。夕方を過ぎるころ電源が入る看板の、ネオンに見せかけたLEDのいちばん大きな店名の部分は〝真夜中〟という漢字三文字がデザインされたロゴになっていて、これだけは、ほかのチェーン店にはないオリジナリティがあるように見えて、わたしはわりと気に入っていた。

駐輪場の奥、この犬を見つけたごみ捨て場のまわりの柵に犬をつないでおこうとしたら、外階段の上にある通用口から声をかけられた。見上げるとタケダムさんがもう来ていた。

「外につながずに、裏から店に入れておこう」

とタケダムさんがいった。わたしはつなごうとしていたロープをほどいて犬を抱え上げてから、階段をのぼって、靴の泥落としマットのところにつないでおこうと通用口の中に入った。

びっくりしたのは、そこにはすでに、わたしが連れてきたほかにも犬が七匹いたことだった。犬たちはいままでもずっとここにいましたとでもいうふうに、段ボールごみをまとめるためのビニールひもでつながれている。これ、どうしたんですか、ときくと、開けっぱなしだったごみ捨て場の中に集まっていたのだという。タケダムさんは難しい顔でこたえた。

「モモは何度教えても、ごみ捨て場の扉に鍵をかけ忘れるんだ」

「なんだよ、また連れてきたのかよ。何匹目だよ」

という大きな声に振り返ったら、すごく怯えた顔のコタロウが立っていた。どっちかというと怒りではなくて、はっきり怖がっているみたいだった。犬自体が怖いからというより、衛生とか法律の不安を感じていることは明らかだった。わたしだって、この一匹でさえ洗うのが大変だったんだし、ここまで連れて来るだけでも面倒だった。こんなにいるんなら、かなりどうしようもない気持ちになるだろう。この国で生まれ育っているコタロウだったらなおさら、いままでの人生でこういったノラ犬に出くわすことじたい、めったになかったのかもしれない。

「いやいや、わたしが連れてきたのは、この一匹だけです」

とわたしがいうと、

「こんな小さな生きものが怖いのか。調理師のくせに」

とタケダムさんが腕組みをして壁にもたれ、コタロウに向けていった。

「や、ここで仕入れてる動物系食材はハムも魚も全部冷凍だし」

とこたえたあとコタロウはすぐに、

「てか食材のつもりでこいつら持ってきたのかよ」

と大きな声を出し、タケダムさんの強い目でにらまれて口をつぐんだ。

「コタロウの家なら、庭にでも置いておけるんじゃないか」

というタケダムさんの言葉に、コタロウはそんなバカな、めちゃくちゃじゃんかと反論してはいたものの、コタロウの家は駅から見て南側に広がる古くからの住宅街にある一軒家で、介助が必要な年寄りも含んだ家族といっしょに暮らしていて、その家には庭だとか駐車場もあるらしい。つまり、この店で働くスタッフの中でいちばん犬を隠すことができる場所を持っている。なにより、この店でセイカツシャではない唯一の、しかも家族のいる人物だった。

「おれの親、おれの三百倍は神経質なんだよ」

「そりゃよっぽどだ」

「虫一匹だって庭に置いとけない。すぐ駆除業者を呼ばれるよ」

「あんたの部屋か、いつも乗ってくるあの軽電動の中にでも隠しときゃいいだろ、こまめに外出しときゃ、五匹くらいはどうにかなるよ」

タケダムさんの言葉に、コタロウはしばらくなにもいえなくなった。その黙っているしばらくの間で、周囲に自分の味方がひとりもいないと感じたのか、あきらめたみたいだった。そうやってしばらく悔しそうにしてから、ああそういえば、とでもいうようにはっとして、わたしのほうをいちど見てから上半身を捻って伸ばした。ほんのすこしだけ見える客席のほうを向きながら、

「そういやあいつ」

という。

「もう一時間もああやってる。刑事だって」

二十四時間開いているこの店は、それにもかかわらず、席がいっぱいになる時間はめったにない。いま客席にいるひとりの男は、仕立ての良い背広を着て席に座り、ときどき、にらむでもなく周囲をゆったり見回している。それは張りこみだとか警備と

いったものとはちがったようすに見えた。

「なんで、刑事?」

わたしは、心の中でちょっとだけ犬のことを考えた。それが近ごろの暮らしで、思いあたるただひとつの後ろめたいできごとだったから。まずそんなことはないだろうとはいったって、あんなふうにSNS上で騒ぎになってしまったことで、誰かがここを突きとめてどこかに通報したということだって、ありえないことじゃなかった。

「スタッフに順番に話きいてってるらしい。まだ客もほとんどいないし、いまのうちに声をかけてみれば」

*

報道を読む人間が実在の人物でなくなったのは、具体的にどの時期からなのか、どういった事件をきっかけにそうなっていったのか、この国にいる多くの人間は把握していない。具体的な誰かをモデルに設定しないニュース自動読み上げの人物像は、できるだけ感情を排した標準語で話し、性別や年齢さえも判然としない姿をとっている。眉間に皺を寄せたり、極端に悲痛な表情を見せたりすることなく言葉を発する、という配慮は、かつて戦争の最中にはこの国でも活躍していたアナウンサーの、歌うように国の慶事を報じ、泣き叫びながら君主の訃報を伝える強い印象操作への反動と反省、そして今後の対策のためだと考えられている。

反面、現場の状況を語るリポーターには、男性にも女性にも、若干過剰にさえ思えるほどの豊かで強い感情表現が求められる傾向があった。中でも〝世界に影響を与えた百人の女性〟で知られるイムは、冷静な情報の伝達力と、見るものに訴えかける感情表現とのバランスが絶妙だった。この日もイムは真剣な顔で現場からの映像の中にはっきり写りこみ、その事象の当事者となって事故や事件のすみずみに溶け込みながら現状を伝えてきている。

『難民申請希望の母子が行方不明』

という見出しに、斜め上からの見下ろしで撮影した防犯カメラの画像が表示された。右下に、発見者通報の投稿フォームや専用オンライン通話アカウントと共に、発見、保護にご協力お願いいたしますと文字が流れる。こんな角度から撮られた、解像度が低く粗い画質の顔でピンと来る人は多くないだろう。捜索対象の情報のほとんどが頭頂部ばかりで、表情はおろか、顔立ちの特徴らしきもののひとつも見てとることはできない。女性のほうはそういう習慣がある国からの移民なんだろうか、花柄の薄い布を頭から掛け、あごの下、首もと付近で軽く結んでいる。横にならぶ子どものほうは栗色の巻き毛を持った、見るにおそらくは男児だった。

難民申請希望者、という堅くて冷たい単語には、多くの移民の心をシュリンクさせる強い力がある。この国に来る移民の中で、故郷の状況が厳しくなっている者は多い。試験を受けて仕事を探し、移民として渡ることを成しとげる人々ばかりの中、難民申請が不可能なまま渡航するしかない人の存在も容易に想像ができた。

いまそういった国が徐々に増加してきている、とイムも訴えるとおり、移民や難民の状況は徐々に悪化していた。作物を育て定住し、財産を得て土地に強く結びついた人間にとって、遊牧民はずっと脅威だったんだろう。自分の暮らす場所の平安を保とうとする資本家層と、争いに巻き込まれる労働者層の格差はあらゆるところで広がりつつあった。

申請が通らなかった場合に帰るところのなくなるその母子をもし発見したとしても、かくまったり逃がしたり、こっそり仕事の世話をする可能性こそあれ、役所へ通報し、国に協力する移民などいないと信じて疑わない多くの人にとって、でも確かに実際に存在するそれらの現象を彼らはどう受けとめるべきなのだろうか。

様々な葛藤を受け手に提示するような語りで、イムのレポートは終わる。見るものに訴えかけようとする報道のありかたは、イムが活動を開始した当初さほど高く評価はされなかった。だが、イムの評価が世界で高まるのと比例し、また、この国の中での移民の割合が増加するのに比例して、強く影響を持つようになっていった。

＊

背の高いその刑事さんのそばに行くと、彼は席を立ってわたしにちょっとおじぎをしてから、手帳、というよりはそこに挟まっているＩＤカードを見せてきた。証明写真に写る顔は、いま目の前にいる本人よりもいくぶんか無表情だった。でも、清潔で健康で、生命がおびやかされることなくここまで成長しましたとでもいうふうな顔だちに見えて、いまこの国出身の人たちの中でも、ここまできちんとしているのはめずらしいと思えるくらい〝質の高い人〟に思えた。

「お忙しいお仕事中なのに、申し訳ありません」

と刑事さんはいいながら、向かいの席に座るように伝えてきた。

「いえ、この時間はごらんのとおり、すいているので」

とわたしはこたえ、席に座ってから続けて、

「なにか苦情とか、トラブルですか」

とたずねた。刑事さんは自分の胸の前あたりで手のひらをこちらに向け、小きざみに振り、こたえた。

「いえいえ、むしろこれからご迷惑をおかけすることになるかと。そのおわびと、できましたら今後のご協力をお願いしたいと思っておりまして」

「協力……」

この店でも以前からたびたび、警察から話をきかれたり頼まれたりすれば、店内カメラのデータやレジの情報を渡すことはあった。ただそれは、この店の約束ごとでそういう決まりになっているからということであって、わたし自身がこの国の安全性だとか正しさ、優しさに直接的に協力したいのだというふうにはあまり考えたことがなかった。

「四年前、西口のハイタウンセンター通りの雑居ビルで起こったできごとをご存じですか」

わたしは刑事さんのその言葉にはこたえず、ちょっと前にテレビのニュースで見た、ほかの国から逃げてきたとかいう母子のことを思い出していた。ニュースに映っていたあの防犯カメラの映像は、ハイタウンセンター通りの無人コンビニエンスストアにあるATMのところを映したものだった気がする。

＊

この街の、とくに中心部に存在する繁華街は、過去にいくつかの大きな事故や事件を経験している。いや、この件については、正確にいうなら事故でも事件でもなかったのかもしれない。ただすくなくとも四年前、この街にいる多くの人たちの記憶にはっきりと残るひとつのできごとが起こった。

この件は厳密に定義するとテロリズムではなかったという説や、そもそもすべての暴動は広義のテロリズムでもあるという意見など世論が紛糾する中で、はっきりとした声明が発せられていなかった以上、だれによる抗議であるものかを断定すべきではないという結論になり、当時、捜査や容疑者の拘束、関係者の逮捕もその大騒ぎの陰に潜むようにしてひっそりと行われた。放火や爆破でもなければ、刃物も銃も使うことのないその騒ぎは、でも、最終的な結果だけを見れば充分すぎるほどに悲劇ではあった。

被害を受けたのは雑居ビルの中にいた十数人と周辺にいた大勢、つまりその街で主力として働く人々だった。その雑居ビルには、ポーカーゲームの筐体が数台あるだけの薄暗いゲームセンター、中古レコード店、トレーディングカードショップ、高校生の制服風の衣装を身につけた女性が働くエステ店、小規模な金融会社といった店舗があり、死者の半数以上がそれぞれの従業員、残りはそれぞれの客だった。ほんのわずかながらこの国の人もいたものの、被害者のほとんどはセイカッシャだった。

騒ぎを起こすために、そこへ火をつける必要はない。火がついた、と騒ぐだけで良かった。銃の乱射が、爆発物が、と知らせるちょっとした声が発せられるだけで、実際にそれらがあるのと同じだけのパニックを起こせる。明確な犯罪にならない程度に不安要素を煽って、あとは群衆の背中を軽くたたいてしまえばいい。情報だけで、人は簡単に命を落とす。

そもそも、都市というものは事故や事件にあふれている。この規模の街なら、歴史上いくつもの悲劇にあっていることが当然だった。これが山奥の小規模な集落で、住民のうちの十人も殺されるほどの事件があれば、それはいつまでも長くその土地の呪われた記憶として語り継がれていくだろう。『〇〇（地名）事件』、という土地と結びつけた組み合わせの名称で呼ばれるそういった事件は、古くから世界中のあちこちにある。

ただこのように巨大な都市部では、たとえば人が密集して生きる雑居ビルや、地下鉄を利用していた数人が命を落としたとして、それでも次の日から仕事は続き、店は開く。そうして、その呪われたできごとは人ごみの中にもまれて薄れ、褪せながらも、記憶の中にしみこみ、こびりついていつまでも残った。

＊

その事件が起こったころ、わたしはまだこの国には来ていなかった。ただ、そのできごとについては、誰からか話に聞いてなんとなく知ってはいた。

「でもあれって、もうずっと前に犯人が捕まって解決したんですよね」

「はい。当時あの事件はとても個人的な犯行だと思われていました。つまり、思想的な集団に属する人物が、計画的に実行したものじゃない、と。しかしその後、被告の所属していたいくつかのオンラインサークルに、現在のトモダチシステムの幹部が所属している……つまり、ヒョウゲンシャグループの存在が確認されたことで……まあ……」

刑事さんの言葉は、その途中からわかりやすくもたついた。この国の、しかも警察に所属する人が明らかな証拠なしに移民の犯行であるとほのめかすことは、とてもデリケートな行為だとされている。ややこしくて面倒な影響が生まれるから。とくに、わたしは刑事さんから見ればひとめでわかるような移民なわけだし、わたしも刑事さんも、そうしてこの国の移民のほとんどが、本当かウソかにかかわらず情報だけで人が死んだ例をいくつも知っている。

「完全に関連が証明されているわけではないのですが……一部のそういう噂が大きくなってしまうと、それだけでどうしても、その、我々は噂の出所の追及とあわせて警戒や保護もしないといけなくなるので」

刑事さんは声をいっそうひそめて、

「結局は、そういう噂自体に対する警戒のほうを重要視しなければならないんです。不安というものは容易に自警や私刑に発展してしまうこともあるので」

と話した。

「で、わたしたちはなにをすれば」

「ええ、そんなわけで、まずこの話はおおごとにはしない方向でお願いしたいのです……というのも、これが大きくなってしまうと、街どころか社会全体の不安を煽ることにつながりますので」

「どういうことですか」

「ですから、ええと……騒擾の予告があったんです」

刑事さんの言葉は意外で、そうして唐突なものだった。わたしはたずね返す。

「それはつまり、テロの犯行声明っていうことですか」

「あ、いえ、そこまでくっきりしたものでは」

刑事さんはわたしがたずねた言葉を、くっきりしたもの、と表現した。

「ただやはり、この近辺を中心にという情報が出たと報告されれば、そうなれば出所が不確かでも、私たちはもちろん、警戒しないとならないわけですから」

「この店が対象になっているということですか」

「ええ、や、いえ、まあ、いたずらであるかどうかもわかりませんし、その声明が、たとえば移民の権利保護に関する思想や主張に関係するものであっても、必ずしもそういう人たちからの予告かどうかわからないわけですから」

「いえ、あの、この店をどうにかするっていう予告なんですか。……こんな、なんにもない、人のすくない店で？」

「四年前に爆破予告がされた雑居ビルも、移民の店が何軒か入る、セイカツシャ向けの店が多かった建物です。つまり、あのときもセイカツシャの暮らしの基盤を狙ったものと考えられていました」

わたしは黙って、刑事さんの話を聞き続けた。

「でも、その当時出されていたのは移民の権利についての声明でした。ですから、まあ、こちらもその真意がきちんとわかっていないところがあるんです。たとえヒョウゲンシャに関わるコミュニティで起こった運動であっても、それでも移民の権利を主張するのであれば、こんな――」

つまり、誰かのしわざであるように見せかけながらことを起こすなんていうことはかんたんで、だからその主張を逆手にとって相手側のふりをするとか、しかける側はいくらでもどうこうたくらむことができるということらしい。

　刑事さんは一度口をつぐんでから続けた。

「こういってはは失礼ですが、地価も、客単価も高くはない、移民が働くこういった場所に予告を入れるなんて……たとえヒョウゲンシャとセイカツシャの間でなにか、あい容れないことが起こったとしたって、どうもちょっとおかしいと」

　わたしだって思うことは同じだった。セイカツシャとヒョウゲンシャとで、たまにちょっとしたいさかいが起こるという話を聞いたことはある。けれどそれは考え方のわずかなちがいみたいなもので、ヒョウゲンシャが戦う必要があるのだとすれば、もっと大きな、たとえば祖国のこととか、この国のシステムについてとか、人類全体のこととか、そういったものだと思っていた。わたしはセイカツシャだから、ヒョウゲンシャのことについてあまり多くのことはわからない。ただこの国の〝部品〟になっているセイカツシャとしてのわたしたちのことをときに哀れんだり、戦おうと声をかけてくることはあっても、ヒョウゲンシャがセイカツシャのことをこの国の偉い人たちの手下として憎んでくるなんて、ぴんと来なかった。

「とにかく、この予告についてはあまりおおごとにしないまま、あなた方にご協力を強いてしまうような形になって申し訳ないのですが。当日はもちろん我々も参ります。注意して、でもあくまでいつもどおりにしていただきたい」

刑事さんは席を立って、

「これで本日いらっしゃる予定の店員すべてと話したので、明日また伺います。シフトの切り替えの時間に来るつもりですので、もし明日、新たに来る人がいるのであれば、細かいことでもお伝えください。あとは、毎日のことで気になったことがあればどんなことでもおっしゃってください。ごみ捨て場なども注意して見ていただければ」

といい残し、丁寧におじぎをして帰っていった。

テロというのは、負けがこんで借金を抱えている人がゲーム中のボードをひっくり返すことに似ている。ただ、ルールを決めてゲームをつくっているほうの人は、そのボードの外にいる。いつだって、ルールをつくっている人とゲームに参加している人たちは同じ盤面にはいなかった。そのゲームボードの上にいるのは同じルールの中で、同じように苦しんでいる人たちだ。だから、ボードをひっくり返すことでばらばらにはじき飛ばされてしまうのは、そういう人たちだけだった。

＊

多くの人間が一見してわかるほどに賑やかな女性と、それと比較すれば流石にそう認識できるかもしれないという程度には地味な女性のふたり組が、扉を開け入店する。賑やかなほうはさほど常連というわけでもないのに、さもこの店自体と長年の親友のようなふるまいをして、店内のいちばん日当たりが良いだろうテーブルのボックスソファ席にすべりこんで座った。地味な女性のほうもそれに続いて、促されないまま向かいの席に腰を下ろす。

この国の移民、とくにヒョウゲンシャは、どういうわけか女性の割合が圧倒的に高い。ヒョウゲンシャがこの国で生き抜くためには、体力や知力以上に多様な能力が重視され、そこに活路を見出しやすいのかもしれない。ヒョウゲンシャのうちこのふたりの彼女たちは、対照的でありながらも典型的なふたつのタイプだった。こういったタイプの人は店のすべての客や店員のだれの目から見てもヒョウゲンシャであろうと想像がつき、そうしてそれはたいていい当たっていた。

賑やかなほうの彼女は、紫とピンクのレイヤーに染め上げた髪を頭頂部でルーズィーに結い上げている。小さな顔を強調する大きく丸いサングラスにも、髪色にあわせて薄い紫色をしたグラデーションカラーのレンズが入っていた。メタリックホログラムのブルゾンを脱いで自分の横に置くと、その横にたてかけられた――彼女のマーブル柄ワンピースにひどく不釣り合いな――黒革のショルダーバッグから書類の束を引きずり出してテーブルの端に積み上げ、順番に中央に出して開き、地味なほうの彼女に慣れた手順で説明をはじめる。地味なほうの彼女は緊張し、かといって聞き逃すまいという情熱を明確に持てないとでもいう表情をしながら話を聞いている。賑やかな彼女と対照的にあまり色のない単調な服装は、移住して間もない移民の特徴でもある。長い髪を束ね、毛玉じみた紺のカーディガンの下に着たベージュの襟付シャツは、移民の面接にも入国審査にも使用していたもので、それからも長いこと、業界内のイベントやギャラリーに行く際のよそ行きとして使い回し続けられているのだろう。

　ヒョウゲンシャの多くは、意図して陽気に振る舞う。陽気であり続け、自分の人生が光り輝いていることを常に周囲へ見せつける状況を保つには、ちょっとした感情のほころびに蓋をする必要があった。意欲的な、前向きな思いを増幅させるため、鈍いままでいたり、努めて見えないふりをする部分が出る。この感情の蓋はまた、創作活動の思わぬ障壁にもなりうる。そんなふうにしてヒョウゲンシャは、労働をしているセイカツシャたちとは別の消耗や葛藤を抱えている。

　そのためヒョウゲンシャは、彼らの制度の性質上、ヒョウゲンシャ同士のコミュニティを作り、つながりを強くすることを重要視する。そのコミュニティは互助会的な役割を果たしていた。この国に長く生活するヒョウゲンシャは、この互助会的〝トモダチシステム〟の仕組みを、新たにやって来たヒョウゲンシャへ説明する。その説明場所として、駅から離れていて常に混むことがない、こういった店を使う。ヒョウゲンシャのトモダチシステムを快く思わないこの国の人たちは多いため、移民に厳しい高級店であれば遠回しに退店を促されることもひんぱんにあった。従業員の多くが移民の店では、多少大きな声でトモダチシステムのすばらしさを語る人物がいたとして、特別重大な問題にはならない。それゆえこの店では絶えずトモダチが新しいヒョウゲンシャを伴って入店しては、システムの詳細に関して説明を行うため、内容は嫌でも周囲——主には店で働くセイカツシャ——の耳に入る。

ヒョウゲンシャ同士の互助制度は建前上、金銭が絡まない。もともと資本を築くことに厳しく制限が課されているトモダチは、創作物の評価について一定の協定を結ぶ。具体的にはSNSでの高評価や情報の拡散にお互いの力を充分に結束させる作業を行いあった。日ごと、無数に生まれて世の中に流れる創作物が多くの人の目に触れ評価されるには、前提として最低限のクオリティが必要になる。表現の評価基準は、数値で測ることが難しい。社会の中ではSNSでの拡散数、閲覧数という指標が用いられることも多い。そのため彼らはお互いで、本来の評価の土俵に押し上げられるまでの応援を行う。その行為を内輪での盛り上げによる白々しい不正とするのか、それとも糾弾されるべきものでない正当な応援の手段であると考えるかは、あくまで感情的な問題で、現状は各々、価値観の範囲に在る問題だとされていた。

　ヒョウゲンシャ同士は頻繁に展示会やパーティを開催し、拡散のタグを与えあい、そのイベントを華々しく盛り上げるべくお互い声をかけあい、人を集める。ともすると過剰に個人的な作業が続き、行き場のない寂しさに陥りがちな創作活動を支えあっていた。

「難しいことじゃないんだよ、お金なんかいらないし、精神的な搾取もないから。距離を取りたい人は取ったらいい、楽しめる人が楽しめそうな範囲で協力しあえば、それだけの見返りがあるってことなんだよ」

　トモダチシステムが組織された発端になったのは、ヒョウゲンシャの自死の増加だという。お互いの意思疎通が途切れ、孤独のうちに創作活動に絶望感を募らせぬよう、お互いを縛ることないまま緩く監視可能なＳＮＳ連絡網を徐々に充実させていった結果現在の形に発展したのだと、賑やかな彼女は、地味な彼女に説明する。

　ヒョウゲンシャという存在自体、この国の政府が設定した互助システムではある。その中で発生した問題や不足を補うために、ヒョウゲンシャたち自身で私的な互助システムであるトモダチを構築した。トモダチのシステムというものは繊細で流動的で、乱暴なバグはすくなかった。

また、そのシステムの中には、ヒョウゲンシャの中で立ち回って暮らすセイカツシャも存在した。キュレーターやエディター、この国の社会とヒョウゲンシャを仲介してお金を稼いでいるセイカツシャは、この国で〝美術商〟と呼ばれている。この国でお金を扱う人間たちのことを、世界を把握する解像度が低いと考えているヒョウゲンシャの一部には、〝美術商〟という言葉に忌避感を持っているものもいるらしい。

食品等の消費物以外で、どのようなものとも定義しかねるあらゆるものを国際的な市場に出す際、多くは美術品と定義されていた。現在この国では、一見道具にも見える壺や書、宝飾品、置物や印刷物、映像を記録した媒体あたりでさえ、まずまちがいなく美術品であるとされる。

移民ではないこの国の人間で、規模の大きな美術品を創作する者はほとんどいなかった。手間や資材といったコストに対し、国内市場ではさほど高額なエスティメートがつかず、とりわけ大型作品は場所も取るためにアトリエも広さが必要で売買のマーケットが限られる。効率を最大の価値基準にする傾向を持つこの国の人々は、大掛かりな美術作品を表現としてスマートなものだと考えていなかった。つまりこういった創作は現在この国ではヒョウゲンシャの独壇場だった。美術商は、作品を手に入れる際ほぼ材料費ほどの低額を移民局に収めれば良いため、開業の元手があまり必要ない。セイカツシャがヒョウゲンシャと組んで成功をするとき、ヒョウゲンシャはお金以外のすべてを受け取ることになっているという。

「まずは、なにか暮らしで難しいなと感じることがあったらすぐに連絡して。いつでも、どんなことでもいいから。気にしないで。今度は遊びに行こう」

と、賑やかで華やかな、トモダチのほうのヒョウゲンシャである彼女は席を立ち、地味なほうの、ヒョウゲンシャではあるものの未だトモダチの入口に立ちつくしている彼女の肩をさすりながらそう伝えると、自分の端末でふたり分のコーヒー代を払い、先に店を出ていった。

彼女の退店時に開けられた扉からそのまま入れ替わりに入ってきたのは若い男性たち——というか恐らくは学生たち——つまり少年たち——だった。ここの店員たちは、彼ら三人がヒョウゲンシャであることを知っている。初回の来店時、彼らは店員に、この店内で映像撮影を行う旨を説明し許可を求めた。彼らは三人とも、この国の言葉を巧みに使う清潔感のある小柄な少年たちだった。ヒョウゲンシャになる実績審査についてある程度手続きや時間が必要なこの国の制度で、これだけの若さのヒョウゲンシャが一ヶ所に三人も集まっている状況というのは相当に珍しい現象だった。彼ら各々は普段遠方で生活し、撮影の準備をしたのちここに集まっている。

彼らの撮影作業は映画製作といった類のものではなく、オンライン配信のためのものだった。この店でこういった種類の動画を撮られることはほとんどない。そういったヒョウゲンシャの動画コンテンツは主にハイタウンにあるような科学的なコース料理と冗長な説明を楽しむ店か、あるいは高校生風のセーラー服を着た女性シェフが大きな鉈を華麗に振るうパフォーマンスで生簀の魚を捌いて出す店等で撮影されることが多い。動画を見る人々は、普段の生活でまず入店が叶わない店に行き、味わったことのない料理を疑似体験するために閲覧するのであって、こういった低価格帯レストランで撮る動画の需要はないように思われていた。

ただ、彼らはそういった疑似体験目的の食レポ、この国の人間がグルメスポットレビューと定義する、短い動画、あるいはVR動画を制作しているわけではなかった。客がとくにすくない時間帯に、三人は客席で時間をかけて会話をする。テーブルには平凡なフライドポテトやオレンジジュースを並べ、とりとめのない、それでも彼ら個人の人生の中での問題ごとを切実な言葉で語り、ときにいい争い、笑いあう動画を撮影していた。

彼らはその人生を記録し、それをもって表現とする。これが動画の主旨だった。彼らは生きて思考し、笑い、ときに怒ることとそれ自体を表現活動と定義していた。実際、この類の表現活動には、過去に幾つかの成功例があった。彼らはそれを、いくつかの要素に解剖、研究し、分類したうえで全く別のものになるよう撮影をしていた。

彼らの会話のテーマはまず、この国で自分たち移民の持つ特殊ではあるが決して大きなものではない〝ささやかなそれぞれの差異〟について。その差異や周辺の細かな困難や苦悩、楽しさを複数人で共有する行為について。ただそれら以外はすべて、この国の多くの人々が共感できる平凡な彼ら自身の暮らしについてだった。これらによって、動画閲覧者は彼らの人生を表現として受容し、追体験している。

特別に選ばれた人間の特別な体験を楽しむ目的で動画を見るならば、この国の多くの人々はより丁寧につくられたドキュメンタリー映画をサブスクライブサービスで閲覧する。ドラマチックなセレブリティのパーティや、報道映像による連続殺人犯の分析など。当然ながら、そういったものを閲覧する人々は素人の動画配信に自分と同様の経験を求めていない。

いくら顔を隠し名を伏せていても、多くの人たちと感情を通わせることはできる。保護猫との暮らしや、特別豪華なわけでもない自分のキッチンで作る料理の動画、買い物をしているときの一人称視点カメラといったものと共に語られる友人や恋人とのちょっとした悩みごと。少年たちは、こういった撮影により閲覧カウンターを回すことを目標にしていた。そのことに強い希望を抱いていた。

＊

ふたりのヒョウゲンシャのうちひとり、店に残されていたどっちかというとおとなしく見えたほうの彼女は、ぬるんだコーヒーを口に含んでは明るいヒョウゲンシャのほうの彼女に渡されたいくつかの資料をテーブルに広げたままでそれらをじっとながめている。背中を丸めて座り、肩先にこの国の日光を受けるその姿が、かつてのわたしのようすと重なった。わたしはウォーマーの上に置かれたポットを持って彼女の席に近づいた。

「いかがですか」

「あ、いや、もうお会計を済ませてもらっちゃったので……」

「コーヒーのお代わりはサービスなんです」

わたしの言葉に、ちょっと申し訳なさそうに彼女が差し出してきたソーサーごとカップを受け取りコーヒーを注いだ。受けとって、注意深くテーブルに置きながら彼女は、

「あなたも移民ですか」

とたずねてきた。わたしはうなずく。こんなひと目見てわかることは、ほんとうの

ところ別にこたえなんて返さなくていいはずだった。ただ、たずねる彼女があまりにも不安そうな顔をしていたので、

「わたしはセイカツシャです」

ともいい加えた。

「セイカツシャは楽しいですか」

「楽しい、というと……?」

彼女は服の袖口を伸ばして、熱いコーヒーの入ったカップを包み注意深く両手で持ちながら、わたしのほうを見上げてまた問いかけてきた。

「なんていうか、生きている意味、というか、充実感? というか……」

彼女の言葉を聞きながら、わたしはいまどういうことに楽しいと感じているんだろうかと考えた。とりあえず生きてはいけている。毎日は、まあ、とんでもなくひどくはない。たいしたものではないけれど家やこの店でとる食事はまずくないし、やりきれないほどお腹がすいていたり、寒くてしかたがないということだってあんまりない。ひとまず生きていられている。ただ、その暮らしが楽しいか、生きている意味に満ち

ているか、充実しているのかときかれると、よくわからない。

「私は、ヒョウゲンシャというものが楽しいのかどうか、生きている喜びがあるのか、わからなくなってきてしまっているのかもしれません」

彼女は小さい声でいった。ついさっき、明るいほうの彼女が〝ヒョウゲンシャに自死が増えている〟と話していたことを思い出す。いまここにいる彼女のように悩めるヒョウゲンシャは、きっと、この国内にとてもたくさんいるんだろう。

「故郷に暮らしてたときは、ヒョウゲンシャなんていうものはなりたくてなるんではなくって、生活をしながら勝手に、自然にそうなってしまっているものだと思いこんでいたんです。許可を得て、申請をして、審査を通って、いざなってみて、なんていうか……こんなふうに定義されて、許されてみると、どうやって声を上げていいか、どんな色を選んで描きはじめたらいいのか、ぜんぜんわからなくなってしまうっていうか」

彼女はコーヒーの表面の熱を吹きさましてから、ひとくち飲んだ。

こんなしょぼくれたところでいったいなんのパーティを、と誰もがあやしむくらいの店に、ほんの十分も経たないうちにいくつもの機材が運びこまれて、みるみる設営が完成していった。こういった移動式パーティに慣れているらしき彼らの準備はとても手際がよくてあざやかだったけれど、機材は大きくて、なにに使うものかわかるのは平たく真っ黒いスピーカーくらいだった。長い電源ケーブル類は、フロアをうろうろする人たちが躓かないようにテープで固定され、さばかれている。店の天井に元からついている照明にも、色のついたアクリルレンズでちょっとしたアレンジがされていた。一時間とかからず完了する準備はまた、事後の片づけにしても一時間しないで終わり、始まる前とまったく同じ状態に戻すことができるのだそうだ。

このパーティは、〝トモダチシステム〟とかいうちょくちょく店に来るヒョウゲンシャのグループによって開催されるイベントだった。彼らは都市部のあちこちで、ちょくちょくこういうイベントを行っているらしかった。ヒョウゲンシャだから当然だけれど、収入なんてものはほとんどない。そんなわけでパーティをしたってたいしたお金にならないから、どこの店でもあまりいい顔をされてこなかったんだろう。この店ならあるていど自由のきく使いかたができるし、貸切にしても文句をいってくる人はほとんどいない。ここは駅前の繁華街からちょっと離れたところにあって、広くて、働いているわたしたちもほとんどが移民の店だから。なによりここのオーナーだって、セイカツシャとして店を立ち上げた移民だったわけだし。

彼らはこのいくぶんレトロな、だからこそ変わっていておもしろみのあるこの店内をうまく使いながら、パーティの準備それ自体をとても楽しんでいる。トモダチの人々はいつだって、そうやってみんな過剰すぎるほどものごとを楽しんでいるように見えた。

「問題はさ」

コタロウは、いつにも増して難しい顔になって口に出した。問題はただひとつ、日程だった。今日は刑事に伝えられた件《くだん》の騒擾予告と同じ日だった。今日まで、予約の日程が近づくにつれて、

「さすがに無理だ、断らないと」

とコタロウは何度もくりかえし口にしていたけれど、そのたびタケダムさんが、

「そうはいったって、なんて理由をつける？　最初に予約を入れてきたのはパーティ主催者のほうだし、まさかテロの予告があったから予約は取り消します、なんていえないだろう。あの人数のヒョウゲンシャだ。まちがいなく大騒ぎになる。警察にだって口止めされてるんだし」

と反対した。

「それは、店の配電故障とか断水とか、なんとでも」

「そんなもの、ふだん毎日のように来てる彼らになんか、すぐばれるだろう。もしばれたら同じことだ」

「そうかもしれないけど――」

話を聞きながらわたしは、その日程のたまたまのバッティングが、ほんとうにたまたまだったんだろうか、とかいうふうなことを、なんとなく考えていた。

こんな一歩まちがったら陰謀論じみた〝ちょっとしたたまたま〟をこじつけていく行為は、たとえそうじゃない可能性のほうがずっと高かったとしても、一度その考えにはまり込んでしまうと、そうでないことを証明することがとても難しくなってしまう。

パーティ会場は、エドワード・ホッパーのナイトホークスという絵画を連想させた。ホッパーはまだ画家として広く知られていない若い時期、ポスター画家として戦争のプロパガンダイラストを描いていたという。モダン・アートは、あらゆる時代で社会の鏡像としてその役割を得ながら、自ら古びることによって社会の中での価値を担保し続けているのかもしれない。アートなるものは物語——つまり神話として、その瞬間瞬間、社会に暮らしている人々の意味や価値を補強している。

都市の中心部から距離があって、メトロの駅からもタクシーでしばらく行かなければたどりつかない古びたダイナーレストラン。そのまま車を降りることなくあと五分も進めば港湾の倉庫街になるだろう。薄暗い幹線道路ぞい、夜になると朦朧と浮かび上がってくるそこで行われるのは、ヒョウゲンシャの祝祭だという。

移民というのはそれぞれの故郷に祝祭の文化を持っており、そのイメージを抱いてこの国にきている。そうして、それぞれの記憶の中にある祭りのイメージ、光と音、におい、人の体温、喧噪、音楽と踊りといったものたちを、この都市にいる移民たちはときおり持ち寄って、祝祭の真似事をしては各々身を寄せ合っているのかもしれない。世界的にも大きないくつかの都市の夜には、それら各地の祝祭を細切れに組み上げ再構築しながら、一方でどこのものともちがうというキメラのごとき風景が広がっている。

筆者がこの場所に招待をうけたのは、おそらくヒョウゲンシャたちからこの祝祭についての記事を書くことを期待されてのものだろう。移民記者として知られる筆者は、これまで長くヒョウゲンシャの集団からは距離を取っていた。取材対象に入り込みすぎることは色々な意味で困難を伴うし、これまでヒョウゲンシャよりもセイカツシャにまつわる記事を多く執筆しているため、現在もふだんから取材の軸足をセイカツシャの側に置いている。

ただここ最近、ヒョウゲンシャに関するイシューが話題になるにつれ、筆者のフィールドワークのエリアが広がりつつあると評されている。このことは、一方では正しく、でも一方で正確だとはいい切れない。筆者のライフワークである移民をテーマにして語るとき、セイカツシャの視点だけでは不完全になってしまうのではないかという逡巡は活動初期からあった。筆者の兄にしても、スポーツ選手がヒョウゲンシャとしてあるべきか、セイカツシャとしてあるべきか。すべての人間活動がエクスプレッションであると考えると、その定義は絶えず不安定でもある。

知られるとおり、ヒョウゲンシャとセイカツシャは敵対する勢力ではなく、移民の表裏であって、その運命はほとんど同期している。両方の視点は移民の困難について考える際、欠けてはならない要素だと気づかされることが、このところひどく増えた。とはいえ必要なのは団結というより、曖昧でゆるやかな相互理解と連帯だろう。戦いあう国の人が、この国でセイカツシャとして対峙し、またヒョウゲンシャとして連帯するとき、そこに生まれてくる感情から目をそらしてはならないのだ、と、筆者はこの祝祭の中に迷い込みながら想いをはせた。

——ただしかし、この祝祭は一体、どのような狙いをもって開催されているものなのだろうか？――

*

警察から店に電話があったのは、パーティに参加しているほとんどのヒョウゲンシャの体のすみずみまでアルコールが回りきったぐらいのころだった。

「停電……」「停電？」

電話を受けるのとは逆の耳をふさいで、サウンドシステムから流される大音量のBGMに抵抗しながら電話口の相手、たぶんあの刑事さんであろうと思われる人と話をしていたタケダムさんは、確認のために二回その言葉をくりかえした。それだって、すぐ横にいたわたしの耳にさえまともに届いていなくて、だからわたしはタケダムさんの口元の動きを注意深く見て、そう読みとった。

テロというのはつまり、停電のことだったんだろうか。そりゃあいま停電なんて起きたら、この店は特別な電源装置もないし、持ちこまれたDJブースだとか映像機器や照明なんかはもちろん、調理や空調までもシャットダウンしてしまう。とうぜんひどく迷惑だし、そうなればこのパーティはまちがいなくぶち壊しになる。とはいってもそんなことはちょっとした台風や大雪でも起こりうることではあるし、それをもって騒擾だというのだとしたら、なんというか、かなりしょぼい気もした。

電話を切ったタケダムさんは、つかつかと店の壁ぎわ、客席に面した窓に向かって立った。わたしはその後をついて行きながら、

「停電になるんですか」

ときいた。タケダムさんは窓のほうを向いたまま、

「いや、もうなってる」

とこたえる。そうして、

「この店以外の、この街の全部が」

と続けた。わたしがタケダムさんの視線を追って外を見ると、——というか、外が見えなかった。店の中だけが明るかったから、反射で内側しか見えない。どうやらたしかに、街の外、窓から見える周囲のすべてが真っ暗になっているらしかった。この

街のあらゆる場所がすべて真っ暗で、この店の中の灯りと看板のＬＥＤだけが、なにかの冗談みたいに光っているといういまの状況は、タケダムさんの言葉と、わたしの想像とを混ぜてやっと気づくことができた。

店の外には、いちばん大きなメインの

『真夜中』

という看板の下、柱の部分には、

『ドライブイン』『２４Ｈ』

とある。いまとなってはもうドライブでインされることなんてめったにないはずの、この店の情報、その事実のなさを、看板は白々しく強調している。このネオン風デザインのＬＥＤはメインの三文字だけが絶えずゆっくり回っている。

「ここも全部、消したほうがいい」

タケダムさんがわたしにいいながら、早足でバックヤードに向かった。わたしも後をついて急ぐ。タケダムさんはブレーカーボックスがある場所に向かっていた。

「店内のみんなには知らせなくても？」

とわたしがたずねると、タケダムさんは早口でこたえた。

「あの状態のやつらに理解してもらえるような説明をする時間はない」

確かに、あのらんちき騒ぎをしている人たち相手に、ここまでのいきさつをはじめから説明することはかなり大変そうだった。でも、

「でも、そんなことしたら、パニックになっちゃいませんか」

「ここが明るいままのほうがひどいことになる。考えてみてくれ。街の中でここだけに電気が通ってるんだ。街の中で電力を求める人たちがもしそのことに気づいたら、みんなここに引き寄せられる」

タケダムさんがバックヤードのブレーカーボックスの扉を開き、

「――下手したら、暴動になる」

といった後、黙った。

暴動。タケダムさんの話を聞きながらわたしは、この国のあちこちにあふれている、手元の端末の薄明るい液晶に半笑いの顔を照らされながらゆらゆらと歩く、あの人たちのことを思った。かつて世界中で見られていた、ＶＨＳ後期黄金期の映画には、あ

る化け物が頻繁に登場している。映画というのは、近代の神話である。生ける死者〝ゾンビ〟と名づけられたそれは、カリブ海地域の民間宗教的な考え方に由来する、比較的新しい神話の産物であったらしい。深夜のダイナーに集まって来るゾンビは、パーティに参加している若い人たちを襲うという、何世紀も前からもう決まりきっているかのようなイメージがあった。

人の群れの中で混乱を作り上げるのは簡単なことだった。いくつかの要素と、あとはほんのちょっとのきっかけだけがあれば、人はそれぞれ錯乱し、怒り、うたがい合っていがみ合う。そうなれば、もう後はなにもしなくていい。罪を犯すことなく多くの人を傷つけ合わせるには、そうやって人々をわずかな情報で操作するだけでよく、そうして、人々をおかしくさせる方法はマニュアルで共有し、誰でも実行できるようなとてもシンプルなことなのだろうと思えた。

「これって、これだけでおしまいなんですか」

「いや、これだけだとしたら、手が込みすぎてる気もする。なにか別の目的でもなきゃ――」

窓がなく灯りが漏れないキッチンを残して、タケダムさんは、すべてのトグルスイッチを端から切っていく。

途中、いきなりだった。オウ、でも、コラ、でもない、たぶんタケダムさんのいた国の人たちが驚いたときに出すのかもしれない自然な短い叫び声を上げながらタケダムさんが裏口のほうに駆けだした。その後を追っかけるつもりで視線をタケダムさんの肩ごしに前へ向けると、そこには犬を両脇に一匹ずつかかえ上げた人影が背中を向けて走り去っていくのが小さく見えた。抱えられているふたつの犬のお尻以外、周囲に犬の姿はなかった。ほかの犬は綱を解かれて、ばらばらに逃げたのかもしれない。そう、いたはずの犬はすべていなくなっていた。

あの逃げていく後姿には見覚えがあった。ただそれはそれとして、わたしはタケダムさんがほっぽりっぱなしにしたブレーカーを落とす作業の続きをする。バックヤードの出口、看板、駐車場と光は順に消えていき、ＤＪブースの大型スピーカーから出ていた音も、ぷつっと消えた。コタロウが、キッチン裏の控室からバックヤードに顔を出した。

「すみませんコタロウさん、わたし、あの、タケダムさんと犬を、てか、犬どろぼう?を追いますので、お客さんにこの状況をかんたんに説明しといてください」と伝えて裏口を出た。いや、なんて説明すりゃいいんだよこんなの、というコタロウのつぶやきが後ろから聞こえてきたのは、わたしの気のせいだったような。

犬を抱えて逃げている人間のほうはわからないけれど、バラバラに逃げて行っただろう犬とタケダムさんの走りにはまず追いつけそうにもないと思えたので、急いで駐輪場に向かってから、暗い中で手さぐりしながら自分の自転車を引っぱり出して、乗った。

タケダムさんの後ろ姿が駅の方角と逆側にぬけて行ったことは見えていた。この先には高速の入口に近い地点で、道が高架と低い下道で分岐になっている。わたしはふだん、そっちにはめったに向かうことがなかった。自動車を運転している人たちなら高速道路で港や空港に向かって、歩行者なら物流倉庫の並ぶ地域へ軽作業の仕事に向かう道だった。

世界中にある大きな街の周りにはきまって、こんなふうに物流の中継点になるエリアというものが広がっているらしい。この辺りは宅配便の集配センターだとか、店におろすための加工食品倉庫だとかが集まるエリアになっている。こういった場所は、太い道からトラックの出入りがしやすく、平たくてこざっぱりとした埋立地だった。住宅地からは離れているので、ふだん通るときも歩道は外灯がまばらで舗装のすき間からは雑草が生え、なんだかずいぶん寂しい場所だった。いまでも使われているのかどうかというくらいに古いジハンキがたまに無駄に明るく道を照らしていて、ときどき物流業で働いているセイカツシャが自転車や徒歩で通過していたり、道の脇で端末をいじったりしている。

ただ、いまは外灯や信号はもちろん、ジハンキの電気さえも消えている。街の異常を察知した物流ドライバーによって徐行運転されているトラックのライトが、ときおり不安げに歩道を照らしているだけで、それ以外はほんとうの暗闇だった。

ふりかえっても、店の灯りは見えなかった。きっといつもなら、ここから見上げれば店の看板の灯り、高い棒の上で発光する店名が見えるはずだった。くたびれたドライバーが一服したいなと思うときにちょうどそういった看板が目に入るように、この国の幹線道路脇にあるレストランはそういう約束ごとでできていることが多かったし、たぶんあの店もそうやって建てられたものだった。

パーティはいま、どうなっているんだろうか、と思う。コタロウはきっと最低限の説明しかしていないだろう。そのことでかえって不安がって、端末で色々調べながら家に帰ろうと試みる人もいるだろうし、外の暗闇に震えながらそこにとどまっている人たちもいるかもしれない。明るいトモダチの女性はもちろん、ときどき店に集まって配信動画を撮る少年たちや、不安げにコーヒーを飲んでいた女性も、あのパーティにはいたはずだった。

あのとき、彼女は店でコーヒーを飲みながら、

「私は、このトモダチとかヒョウゲンシャとか、そういう仕組みがこれからの自分の生きかたにどう作用していくんだろうって、まだどこかぴんと来ていないのかもしれません」

と話した。

「そういうシステムが人間を救ってくれるのはまちがいがなくって、だけど、社会の、自分を救ってくれるだろうシステムの部分に自分の気持ちがままならなくなってしまった場合、そのシステムに自分の意思をどう沿わせたらいいんだろうと、最近はずっと考えてしまっています」

そう続ける彼女の話を聞きながら、わたしも彼女と同じかもしれないと考えていた。彼女と同じでセイカツシャというシステムで生きている自分がいま楽しいのか、この暮らしが望んでいたものなのか、あまりよくわかっていない。

＊

個人アカウントにアイデンティティを紐づけられた移民が世界各地に拡散し国籍や民族性なるものが曖昧になればなるほど、ゆり戻しのようにして文化への憧憬、実態の不確かな物語としての愛国心といったものだけが先鋭化し、肥大していく現象が起こる。この国に移り住む人々は誰も、最初は自分自身に思い知らせるようにして、何度もこの国の素晴らしさを語り、この国の人々はその語りに共鳴し、ここが素晴らしい場所だと内側から外側から暗示に掛けられていく。戦争さえしなければ国境が動くことはないものの、神話的な自意識だけは本来のアウトラインから徐々に、しかし絶えず膨張してゆき、国の形が現実との食いちがいを生み、歪んでいった。

それぞれの移民が故郷を持ち、各々に建国神話が存在する。動物の神が戦って山を築き、蛇や鷲が島を分けた。現在それらは多くの場合、各地域の民族や軍隊のメタファーであると考えられている。青い目の大柄な民族の軍隊が攻め込んでくるとき、水晶目玉の巨人が町を襲った、という直接的な姿をとることもあれば、さらに何段階か複雑な変形をとげた物語にもなる。それらは他者に悟られないための暗号化であったのかもしれないし、長い時間を経てあらゆる力が掛かり、歪ませられればやかされた結果かもしれない。細切れでひどく不明瞭な物語を、いまの人々は気を抜くとすぐ、うっかり——あるいは切実さにさいなまれてやむなく——都合のいいようにつなぎ変えて、奇怪な姿をした愛国神話の怪物を作り上げてしまう。怪物はでも、都合よく生み出されたわりには生んだ国の誰のことも守らない。生み出した親であるはずの人間たちをも踏み荒らしながら、その怪物は国土をめちゃくちゃに破壊していく。

＊

めちゃくちゃになってしまったところから、わたしはすべてを放りだして逃げてきたんだ。

たぶん移民としてここに来た人たちは、多かれすくなかれそういう目にあっているんだろう。タケダムさんも、パーティに集まったトモダチも、運転手の男も。物語の怪物に――これはたとえで、物理的な場所ではないけれど、精神的な便宜上の――故郷を踏み荒らされながら、ＳＮＳアカウントみたいなささいなものだけをその土地の鎖の中に半ば残して逃げてきて、その先でもまたうっかり別の物語を作ってしまいそうになることを必死にこらえ、逃げる。まるで人というものが、どこでもつい物語の落とし穴にはまってしまう生きものだとでもいうみたいに。

わたしはそう思いながら、自転車をひいて歩いていた。リズミカルについたり消えたりする光が目に入ったのは、周りが真っ暗だからだ。これが外灯や車、遠くの繁華街なんかがいつものように光っていたなら、わたしはずっとあのかすかな光には気がつけなかった。タケダムさんはわたしに知らせるためなのかどうかはともかく、すくなくとも誰かに伝える、現状いちばん効果的なやり方として端末をかざしてLEDを振り、人に知らせようとしていたみたいだった。わたしはその光をたどって、その方向に近づいて進んだ。途中、ガードレールがあって思わぬ遠回りを強いられたりもしたけれど、光に近づくこと自体はそれほど長い時間がかかるものじゃなかった。

その小さな光に向かって進みながら、今日のできごとについて考えていた。この企みに目的があるとしたら、ひょっとしてそれは犬を逃がすためだったんじゃないだろうか。だとしたらそれこそ、こんなもの、ほんとうにテロリズムといえるものなんだろうか。

テロ予告は、それが狂言であっても同じくらいに重い罪になるのは、テロや殺害の声明というもの自体が〝情報〟の罪だからだ。情報によって人は不安になって、傷つき、その苦しみはずっと続く。ずっと前に起こった実際の悲劇にただ乗りするような情報で人を揺さぶることもできる、そんな気軽な狂言によってでも簡単に悲劇は起こる。とくに移民みたいな、受け取る情報に制限がある人たちを、生きていることと死んでいることの境目にほんとうにかんたんにほうりこんでしまう。

その光の根元で、男がタケダムさんに組み伏せられているのが見えた。タケダムさんは片手だけで男を地面に押しつけながら、もう片方の手で端末のライトを振っていた。タケダムさんにとって、逃げる男を追いかけてつかまえるのは片手でも充分な作業だったんだろう。そう見るとたしかに、男はタケダムさんよりはいくぶん小さく——といっても、この国のほとんどの男はタケダムさんより小さいけれど——しかも歳をとっているように見えた。わたしは路肩に停めてある車とあわせて、その男が誰なのかはっきりわかった。

「やっぱりこいつだった」

タケダムさんは片方の眉を上げて、わたしにいう。やっぱり、ということはタケダムさんはもっと前から、なんならこの騒ぎが起こるより早くから気がついていたんだろう。男はタクシー運転手だった。わたしはいままでまったく気がつかなかった。

「犬の毛がついていたろ。あの日、肩に」

路肩には、いつも男が来るとき駐車場にあるタクシーの車両の後、それよりいくぶんか大きいトラック、この国ではスーパーの搬入に使われるタイプのトラックが停められていて、荷台の周りを犬がうろうろと巡りながら舌を出し息を小きざみに吐いて、興奮しながらときおり小さくうなったり鼻を鳴らしたりしていた。しかもその数は、店にいた何倍も、途中で数えることをあきらめるくらいにはいた。

タケダムさんが手をゆるめると、運転手の男はよたつきながら起きあがって背をゆらしながら車に近づいていった。ポケットからライターを取り出し、点けて、その灯りを近づけながらタクシーの後ろのトランクを開ける。ライターの灯りは、暗がりにすっかり慣れたわたしの目がちかちかするほど明るくて、色もすごく特殊だった。男の手元の周囲がオレンジ色にパッと染まって見えた。

車のトランクに火なんか近づけて、大丈夫なんだろうか。考えてみればわたしは、この国に来てから火というものを見たことがなかった。アパートの台所にも店のキッチンにも電気調理器しかないし、入国検査で移民の荷物の中からはライターやたばこが奪われる。この国の喫煙者たちはみんな、水蒸気が出る電子たばこを吸っている。わたしが火を最後に見たのは、故郷の高台から見た、遠くの教会に落ちる焼夷弾の火だった。いま見ているのはあのときの火とは比べ物にならないほど熱の小さい、飼い慣らされた火ではあったけれど、すごく久しぶりに本物の火を見たことで、あのとき顔の表面にちらついた熱を思い出してしまって、足もとから背中伝いに恐ろしさがするする上がってきた。

左手のライターの灯りをかざしながら、運転手は右手だけでいくつかの作業を続けた。二分ほどたってライターの火が消えてしまって、何度か点けなおしている後ろから、タケダムさんが手をのばして端末のＬＥＤをかざした。男は弱々しくいう。

「ちょっと離れてくれませんか。その光は強すぎるんです。私は目が弱いので」

わたしは運転手の作業をしている手元に向けて自転車のスタンドを立てて停め、ライトのスイッチをつけた。いつもならぼんやりしすぎて頼りない自転車のライトは、闇に目が慣れたこういうときにちょうどいい明るさに思えた。

運転手が生まれたところについて、以前、タケダムさんがいっていたことを思い出した。日が出ている時間が短くて、この国の冬にあたる季節が長い北のほうの国。そんなところから来たなら、この街の明るさにはきっとうんざりするだろう。そう考えると、ふだん店内の暗い席にいるのも、夜、タクシー運行を仕事にしているのも納得がいった。

今日起こった〝都市が暗くなる〟というできごとがもし運転手によるものだったとしたら、彼にとっての〝故郷を取り戻す〟という考えに由来するものかもしれないし、目に頼らない、暗闇に強い自分の長所をいかせると考えたのかもしれない。

ただ今回のこの大騒ぎは、ひとりで起こせるようなものとも思えなかった。たぶん彼はこの事件に関わるほんのはじっこのひとりだろう。暗いところが得意で、都市のややこしい道にも詳しいからと、手伝いをしているのかもしれない。停電、移民、犬。これらは、いったいどんな企みにつながっているんだろうか、いまのわたしにはまったく想像がつかなかった。

そんなことを考えているうちに、運転手のなにかの作業だか連絡だかがひと区切りついたのだろう。しばらくして、外灯や倉庫のビル、遠くの街並みの灯りが一斉にではなく、あちこちばらばらと点いていくのがわかった。いまわたしたちのいる周りはとてもさみしい場所で、もともとたいした光はなかったけれど、それでも星明かりだけの闇に慣れた目には充分まわりを見渡すことができるくらい明るくなった。ようは慣れなんだと思う。暗い場所に慣れているか暑い場所に慣れているのか、たいてい生まれた場所が基準になっていて、それに比べてどのくらいちがっているかということに振り回されるわたしたちの生活は、ただ、それでもじきに慣れていってしまえば前の温度や明るさのほうをちょっとずつ忘れていく。

運転手が体をはなした車体のトランクの中から、いったいどんなふうにしてうまく収まっていたのか、子どもがふたり、よたよたと出てきた。いや、よく見るとそれは男の子どもと、それよりもっと小さく見える、その子どもとよく似た大人、たぶん母親だろう女性だった。母親の服装から考えて、おそらくずいぶん南西のほうからいくつもの国境を越えてきたんだろう。

彼女の頭を覆う布の柄が薄明かりに浮かんで見えてきたことで思い出した。ニュース番組で見た、姿を消したという母子だった。男の子どもは〃クルカケ〃とプリントされたTシャツを着ていた。おそらく子どもの故郷で買った非公式のものだろう。でもひょっとしたら、そっちのほうが正式な発音に近いのかもしれない。子どもは、あのベースボール選手にちょっと似ていた。ふたりはこの国の気温や湿度に慣れていないようだった。空気に漂う微生物に、埃に、地面の堅さ、すべてに慣れていないふうに見えた。慣れなさに耐えて、長い移動に耐えて、ふたりはここまでたどりつき、ゆらゆらしながら地面を確認していた。と、

「――――!」

あの犬そっくりの栗色の髪をした男の子どもは、トラックの脇にいたあの犬を見るなり大きな声で短い単語を叫んだ。瞬間、わたしの横を通過して、犬がミサイルみたいに子どものもとに駆けて来た。こんなに速く動ける生きものなんてこの世界にほんとうにいるのか信じられないくらいの速さで、犬はほとんど空に浮いたまま真っすぐ進んでいって、母子というひとつの群れに突き刺さっていった。尻尾をプロペラみたいにして振り回しながら。

子どもの発したあの言葉はきっと、犬の名前だ。考えてみればあたりまえのことだけれど、わたしはこの犬の名前を知らなかったことに気づいた。そうして、わたしはずいぶん長いこと、ほかのだれかに名前を呼んでもらっていないということを思い出した。多くの人に読みにくい文字で書かれる、この国ではあまりいい響きに聞こえない恐れのあるわたしの名前を。

停まっていたトラックのほうにも、よくもこんなにと思うほどたくさんの家族が詰まっていた。出てきたみんなは、それぞれが別々の国から来ているみたいで、彼らにはそれぞれの飼い犬がいて、彼らにも犬にもそれぞれの名前がある。それらがいま、ここに連れられてきていた。それぞれの名前で呼びあい、確かめあっている。

わたしはこの間のSNSのコメントによって知ったのだけど、犬というのはどうやら現在この国の法律では〝もの〟であるらしい。失くしたときは落としものとして扱われるし、殺されたときはものを壊したのと同じだとされている。一方で衛生的な問題もあるから、犬というのは街をふらふらしていてはいけないので、つながれているということがふつうの状態とされる。この国の人たちはつながれていない犬にはとても冷たくて、それは、きっとこの国の精神性とどこかでつながっているんだろう。

＊

この国最大の駅の前にある広場には、犬の像がある。その犬はつながれないまま、帰らぬ主人を待つという事実に基づいた美談を顕彰する像として存在している。この国では、指導者、つまりこの美談でいうところの主人の像を建てなかった。戦争後、指導者の像を減らし続けてきたこの国は、代わりに忠実な犬のほうを象徴とした。このつながれていない犬の像は、おそらくこの国の公共的なあらゆる像、たとえば宗教的な仏像や偉人像といったものよりもはるかに多くの人に知られている。像は目にされ、風景にとけこみ、この国の精神性の象徴、美徳や道徳、情緒の隠しオブジェクトになっていた。

人間以外の生物の保護方法は国によって各々ちがっている。人間よりも自由にふるまっている犬や猫が存在し、国の予算で社会により保護される動物たちがいる都市も多い。また人災に動物は関係ないとして、戦争のときの安全が人より優先される場所さえ存在する。また、犬が逃げたら必ず発見し、捕獲せねばならず、その犬が人を傷つけることがあれば、その責任を飼い主が負わねばならない場は当然、数多くある。

今回の事象は、その、国同士の決まりごとの差異を利用したやりかただった。

まず故郷の国境近くで犬を逃がす。あるいは荷物に紛れ込ませる。その後、勝手に国境を越えるのは人間ではなく動物のため、万が一発見されてもこちらの国ではさほど大きな問題にはならない。昆虫やネズミといった小動物が荷物に入っていたり、うっかり国境を越えることは自然なことだ。人間以外の生きものにとって国境など関係がない。衛生的問題として処理される、あるいは遺失物扱いとなる。もし相手の国に飼育者責任があり愛玩動物保護に関する法律が明確に存在すれば、国境を越えた人が犬を発見、捕獲しなくてはならない。彼ら越境者たちは捕まえたのち、犬ごと〃家族〃として保護申請を行う。この方法はセイカツシャの申請すら難しい人たちが試みる少数の方法の中でもひどく突飛で、手間と反して資金はさほどかからず、しかもあらゆる複雑な倫理的問題をはらんでいる。

＊

わたしは、店の灯りがついているのを確認して、あの人たちはどうしているだろうとなんとなく気になった。

「トモダチのあいつらもきっとグルなんだろう」

タケダムさんがいった。このやり方がひとりやふたりでできないとなると、組織的な手伝いが必要になるはずだった。そうか、そう考えてみるとSNSでのあの〝から騒ぎ〟も、犬にまつわるタイトルと画像のみのメッセージも納得がいく。あんなふうに断言されたのは、送り主もセイカツシャでSNSの字数制限が向こうにもあるから、切羽つまっていたのかもしれない。タケダムさんはさらに続ける。

「私だって、この国に半ばグレーな方法でむりやり逃げ込んできたんだ。だから、あんたたちのことをことさら悪いようにいう気はないよ」

彼女は、それを言葉にするかどうかすこし迷ったあと、みたいな間をおいて、

「自分も、家族と犬を故郷に置いてきてるんだ。いまあの人らがどうなっているかはわからない。犬をつれてきて危険にさらすことと、犬を見捨てて逃げてくること、どっちが卑怯かなんて考えたってきりがない」

と付け加えた。わたしはタケダムさんに家族がいたなんて知らなかった。そりゃ考えてみれば、いたってぜんぜんおかしくないことなのに。

あのトモダチは——おそらく全員ではないにしても——最初からこの企みを知っていて、中には協力者もいたんだろう。だからきっと、停電で灯りを落とされたところでうろたえることもなかったんじゃないか。わたしはコタロウのことを思って、説明しなくても大きなパニックにならずに済んだだろうとすこしほっとした。

この都市の、どうしても必要な救急なんかにさしさわらないごく短い時間だけ、この作戦が遂行されれば良かったんだろう。街の灯りがついたときには、彼らも運転手と同じように、ひそかにほっとしただろうし、いまごろは成功を祝ったパーティとして、また騒ぎが再開しているかもしれない。

「店に戻る」

タケダムさんが速足で歩くのに、わたしは自転車をひいてついて行く。途中でタケダムさんは、

「自分はまだシフトがあるから店に帰るけど、もう深夜番は来てるだろうし、後片づけは設営した人たちでやってもらうことになってる。明日の朝までは貸切のままにしてるから、店に戻って休んでもいいだろうけど、このまま帰っても問題ないよ」

といってくれた。わたしは、

「荷物が残っているし、手伝うことが多少でもあるなら」

とそのままついて行った。遠くに見えるぽつんと明るい『真夜中』という看板に向かって、わたしとタケダムさんは歩いた。あの、温かくも冷たくも見えない光は、わたしたちの店にふさわしかった。火とはちがう灯り。電気の最初の使いみちは、灯りとシグナルだ。人となにかを伝えあうための道具を、わたしたちはいまも大切にして、ときにふり回されている。

「あの店は、幹線道路ぞいなのに人通りがあまりない道に建っていて、二十四時間開

いていて、それでいて、満席のときがない。警備会社も入らず、セキュリティも自分たちでまかなっている」

そう運転手が話していたのを思い出す。つまり、あの店は彼らにとってとても都合のいい連絡所だったんだろう。

さっき、タクシー運転手は、喜ぶ母子と犬を見ながらわたしたちにこういった。

「あの店は、奇跡のような場所だと、私は思っています。私はたまに、いくつかのこういった人たちの手伝いをするための活動をしているんですが」

と、しばらくのあいだ、言葉を選ぶみたいにして考えてから口を開いた。

「ですから、あの、手を貸してくれとまでは申しませんが、どうか迷惑のかからない程度に、見逃してはくれないでしょうか」

運転手に返事をする代わりに、タケダムさんはたずねた。

「なんであんたはこんなことをしているんだ。金か」

運転手の身なりや店でのふるまいは、セイカツシャの中でもお金のある人には見えなかった。

「いいえ、私に相談を持ち掛けてくるような人は、ほとんどお金がない人たちです。もっと豊かな人たちならば、そもそもきちんとしたブローカーを雇い、いまならもっと別の、豊かな国に行きます。ここに来てからだって、むしろ援助の必要がある人たちのほうが多いですし。私にはここにも故郷にも家族はいません。娘は、この街で働いていましたが、四年前仕事中に命を失いました。だから、もし失敗をして捕まったとしても、そうしていま金がほとんどなくても、とりたてて大きな問題はありません」

運転手の男はセイカツシャで、ヒョウゲンシャのグループであるトモダチ自体のメンバーではない。この企みの首謀者どころか、その奥にある想像できないほどひどいなにか大きなシステムの、ほんの一部分なのかもしれない。運転手を問い詰めたところであまり意味がなさそうだし、たぶん彼にしたって自分の役割の周りしか知らされていないんだろう。そう思うと、彼に手を貸す、あるいは見て見ぬふりをすることによって、彼の背後にある恐ろしいシステムに加担してしまうんじゃないか、そんなことはさけたいという気もする。わたしに家族はいないけど、いまあの国に帰されるのは怖い。

「景色が見えるんです」

と、運転手は続けてこたえた。

運転手は、故郷とこの国以外の場所に行ったことはないという。この街に来て強い光にやられたからもとから弱かった目もいっそう見えづらくなってしまって、いまは夜のあいだだけ外に出て仕事をしているらしい。

この国にやって来る人たちが家族や友人で、自分の知らない言葉で話しているのを聞いていると、見えるはずのない彼らの生まれた場所の景色が見えるのだそうだ。それは、砂漠の荒れた町だったり、コンクリートの都市だったり、鮮やかに染め分けられた布が広がり並ぶ色彩に満ちた市場だったり。

「これからも私は国々を旅するなんてことはできないでしょう。でも、こういう手伝いをしていると、なんだかいろんな国に行っている気になれ、ちょっとしたひとり旅に出る趣味にも似た、ひそかな楽しみであり、また救いにもなっていました。私自身はもう、別に捕まってしまってもいい。ただ、この家族だけは、この家族だけは……、と続けているうちに、いつしかこんなふうになってしまいました」

そう話していたタクシー運転手はトラックに乗り替えて、あの数の犬をさらに加えた家族たちを手品みたいにうまいこと詰めこんで、保護団体のオフィスに向かうといって出発した。

わたしとタケダムさんが店に戻ると、パーティは停電の前とまったく同じようすで行われていた。音楽はうるさく、酒をあおったいろんな顔立ちの人たちが立ったり座ったり、踊ったり隅に寝そべったりしている。入口付近には困惑顔の刑事さんが、面倒くさそうにしているコタロウに話をきいていた。

ガラス張りの窓の外は遠くの街の灯りを見わたすことができて、そう考えると確かにこの店はこの街の中で、妙なかたちで特別に区切られた場所だというふうに思えた。

「どう思う」

響きわたる音のすき間をぬって、タケダムさんがわたしにいった。タケダムさんはカウンターに両腕を前に伸ばして置き、そのあいだにあごをのせている。彼女が、店に客がほとんどいないときにきまってみせるしぐさだった。横に立ったわたしは、

「ああいうことをしてて、ばれたらどうなるんだろうっていうことは、やっぱり怖いけど。この国を追い出されたら、わたしの命はとても危なくなってしまうし、わたしたちは知らないうちに悪事に加担してしまう危険性があちこちにあるから」

とこたえる。

「まあ、そのへんは、考えたところでどうにもならない気はするけどね。自分らはもともと死んだ気になってここまで来た側の人間だし。殺し合いで生き残りを決めるゲームの参加者みたいなもんで、ここに来るずっと前から、もうこのゲームから降りることなんかできないんだし」

「そうなんだけど」

「それに自分は、あのおっさんと同じで、この国に守らなきゃならない家族もいないし、故郷もないみたいなものだし」

「わたしも……まあ」

とこたえながら、もし守るもの、といっていいなら、この店で働き続けるうんざりするくらいの日々は、それでもわたしにとって、守れるならば守りたいものではあった。

「それに――」

けっきょくは、タケダムさんの最後の言葉が、わたしの決心をはっきりとさせ、後押ししたんだろう。

「あのおっさんが見てるっていう景色とやらに、自分もまあ、興味はあるね」

【初出】

本書は、U-NEXTオリジナル書籍として書き下ろされ、二〇二三年五月二十六日に刊行された電子書籍を、紙の書籍としたものです。また、この物語はフィクションであり、実在する団体・人物等とは一切関係がありません。

◎高山 羽根子（たかやま・はねこ）
一九七五年富山県生まれ。二〇一〇年「うどん キツネつきの」で第一回創元SF短編賞佳作に選出され、デビュー。二〇一五年、短編集『うどん キツネつきの』が第三六回日本SF大賞最終候補に選出。二〇一六年「太陽の側の島」で第二回林芙美子文学賞を受賞。二〇一九年「居た場所」で第一六〇回芥川龍之介賞候補。「カム・ギャザー・ラウンド・ピープル」で第一六一回芥川龍之介賞候補。二〇二〇年「首里の馬」第一六三回芥川龍之介賞受賞。その他、『オブジェクタム／如何様』『パレードのシステム』などがある。

ドライブイン・真夜中《まよなか》

二〇二三年七月七日　初版第一刷発行

◎著者＝高山《たかやま》羽根《はね》子《こ》

◎装画＝メリヤス・ミドリ　◎ブックデザイン＝森敬太（合同会社飛ぶ教室）　◎編集＝寺谷栄人　◎発行者＝マイケル・ステイリー　◎発行所＝株式会社U-NEXT／〒一四一・〇〇二一　東京都品川区上大崎三・一・一　目黒セントラルスクエア／電話＝〇三・六七四一・四四二二（編集部）／〇五〇・三五三八・三二一二（受注専用）

◎印刷所＝シナノ印刷株式会社

ISBN:978-4-910207-85-8 C0093 定価（本体900円＋税）